MASASHI FUJITA
THE ORANGE TOWN STORIES

サムシングオレンジ

1

SOMETHING ORANGE
COMPLETE EDITION
1999-2020

藤田雅史

SOMETHING ORANGE 1

THE ORANGE TOWN STORIES
SOMETHING ORANGE
COMPLETE EDITION 1：1999-2020

ビッグスワン・ハロー・アゲイン

2020

BIG SWAN HELLO AGAIN

新潟駅南口のバスのりばから、スポーツ公園行きのバスに乗りこむ。

三十を過ぎてランチや飲み会の誘いがすっかりなくなり、最近は職場や父の入院する病院を車で往復するだけの毎日だから、こんなふうに駅を利用する機会もずいぶんと減った。

久しぶりに乗るバスの匂いがやけに懐かしい。深緑色のシートの感触も、ドアが閉まるときの不機嫌なブザーの音も。

私は毎年、ホームゲームの開幕戦だけ、こうして電車とバスを乗り継いでサッカーの試合を見に行く。長袖シャツの上にユニフォームを重ね着して、腰が痛くならないように携帯用クッションまで持参して。

そして勝っても負けても、試合の結果とは関係なく肩を落として家路につく。毎年そう。今年もきっと同じことの繰り返しだ。

うっすらとオレンジ色のストライプの濃淡があって、肩に青の三本線が走るこのユニフォームは、もうずいぶんと古い。バスの列に並んでいたとき、背中の23の番号と選手名が今の登録と一致しないからだろう、後ろの小学生が怪訝な顔で見上げていた。

あの子は亜士夢を知らない。彼がサポーターにどれだけ愛されていたかも、移籍先のヘルシンキがどこの国の首都かも。このシャツを買った当時、試合に出ていた選手は、今はもうひとりもいない。だって十年以上も前だ。

それでも、窓の外を流れる景色――自動車教習所、バイパス、スタバ、コンビニ――を眺めながら、何も変わらない、と私は思う。

変わったのは、ひとりでホーム開幕戦を見に行く、そのさびしさに私自身が慣れてしまったことくらいだ。

翔平くん。

十年前、専門学校に通っていたときに付き合っていた恋人のことを、私はいまだに忘れられない。

アルバイト先の居酒屋で知り合った、ひとつ年上の大学生。造り酒屋の次男坊で、アルビが大好きな、ひょろりと背の高い男。

彼と出会うまで、私はサッカーになんてまるきり興味がなかった。でも、好きな人の好きなものは好きになるという、恋をする者の習性に従い、翔平くんと付き合いはじめてすぐ、私はアルビのことも彼と同じように愛しはじめた。

ホームゲームの開催日は、よくビッグスワンまで足を運んで一緒に応援した。Nスタンド二層目の中段あたり、ややメインスタンド寄りの場所が私たちの定位置だった。

応援といっても、翔平くんは座席に腰を下ろしたまま、静かにピッチを見つめるだけ。私もそれにならって彼の隣で黙って試合を見た。言葉を交わさないかわりに水筒にいれてきたコーヒーを分けあって飲み、ときどき、そっと手をつないだ。

翔平くんの誕生日、私は貯めていたバイト代でお揃いのユニフォームを買い、彼にプレゼントした。それぞれ好きな選手を選んで、背中にマーキングをしてもらって。彼のはマルシオ・リシャルデス。私のは、田中亜土夢。

「今度から、これ着て応援しようよ」

翔平くんは喜んで、次の試合からさっそくそれを着てくれた。

「なんか、サポーターみたいだね」

「いや、完全にサポーターでしょ、私たち」

ホーム戦のない週末は、翔平くんの部屋のスカパー!で試合中継を見た。勝てばユニフォーム姿で祝杯をあげて、負けてもやっぱり、ふたりでお酒を飲んだ。


よく、恋人と別れても恋人から教わったものは残るというけれど、私の場合、それがアルビだった。

翔平くんとは、もう長いこと会っていない。

最後に顔を合わせたのは二〇一〇年シーズン、彼が大学を卒業して、東京の酒販会社に就職した年の春だ。引っ越しの準備を終えたばかりの彼と、その年の最初のホームゲームを見に行った。雨の日だった。

「俺、ホーム開幕戦が一年でいちばん好きなんだよね」

淡い期待と不安が入り混じった、このそわそわした感じがいいのだと、翔平くんは言った。

「すぐに帰ってくるよ」

試合の途中、彼はいつものように私の手を握って、頬笑んだ。

「どうせ俺、親父のあとを継がなきゃいけないし。東京で就職するのはそのための修業とコネづくりだし。二年か三年、遠距離で付き合ってさ、で、俺が新潟帰ったら、一緒に暮らそう」

冷たい春の雨に打たれながら、私はその言葉を確かに聞いた。

「それってプロポーズ?」

「いや、なんつうか、待っててくれ、って話よ」

私はこくりと頷いた。

「俺、むこうでアウェイ見ようかな。味スタとか等々力とかで」

「いいね。私も行っていい?」

「もちろん」

「たった二時間だもんね」

「そうだよ。俺もときどき帰ってくるよ」

遠距離恋愛のはずだった。そういう話をしていたはずだった。

なのに、桜が咲いて東京で働きはじめた翔平くんとは、それからだんだん連絡がとれなくなっていった。遊びに行っていい？ とメールをしても、つれない返事ばかりで、とうとう、その返信さえも来なくなった。

私は思いきって、その年の夏、東京の翔平くんの部屋を訪ねた。

ところがその部屋にはもうすでに別の住人が暮らしていた。動転した私は彼の会社の番号をネットで調べ、呼び出しの電話をかけた。

「会社に直接電話すんのとか、まじでやめてくれないかな」

受話口に出た翔平くんの声は、それまで聞いたことのない、ひんやりとしたものだった。彼を責める言葉をいくつも用意していた私は、それをぐっと我慢して、かわりに、元気？ と訊ねた。こないだのアルビの試合見た？ マルシオがさ、と言いかけたとき、ごめん忙しい、仕事中――ぷつりと電話を切られた。

ばかみたいだと思うけれど、あれから十年、私はずっと待ち続けている。

翔平くんが造り酒屋の跡取りとしてこの町に戻ってくることを。そして私との約束が守られることを。

アルビを愛する翔平くんは、新潟に帰ってくれれば、絶対、ビッグスワンに足を運ぶに決まっている。毎試合ではなくても、ホーム開幕戦には必ず姿を見せるはずだ。自分でもわかっている。その思いこみは、少しばかり、狂っている。


私が勤め先のリカーショップの常連さんとＬＩＮＥのやりとりをするようになったのは、去年の秋口からだ。食事に三回誘われて、先月、はじめて彼の部屋に行った。七つ年上で、銀行勤め。

付き合おうよ、と言われた。今は返事を待ってもらっている。

もし付き合ったら、きっとそのまま結婚することになるだろう。顔立ちは普通だけれど収入はいいから、けして悪い話ではない。

問題なのは、私が彼のことをちっとも好きではない、ということだ。

でも――今の私にとって大事なのは、もうそんなことではないような気がしている。心臓が悪くて入退院を繰り返している父は、たぶんそう長くない。父を安心させてやり、やすらかに見送るためにも、私はそろそろ、試合終了の笛を自分で吹かないといけない。

バスを降りる。傾いた箱から転げ落ちる果実のように、出口からオレンジのユニフォームを着た人たちがばらばらと散らばる。ビッグスワンへと続く道路下の連絡通路をくぐると、新しいチャントの練習でもしているのだろうか、サポーターの歌声が聞こえてきた。

もしも、ここで会えたら。

その場面を想像しながら、私は十年間この場所に通い続けた。

もし本当に翔平くんの姿を見つけたら、私は彼になんと声をかけるだろう。自然な笑顔をつくれるだろうか。もう結婚した？とか聞いてしまうのか。あるいは心が離れたことを責めるのか。それとも強がって、なんでもない顔で彼の目の前を黙って通り過ぎるのか。ずっと考えてきた。でも実際にどうするかは、そのときになってみないとわからない。

こんなこと、もう終わりにしよう。

巨大な白鳥の翼を見上げながら、私は長く深い息を吐いて決めた。

よく選手たちがそうするように、胸のエンブレムをぎゅっと握る。私の手のひらにはまだ、翔平くんのぬくもりが、冷めかけのコーヒーカップのように微かに残っている。

財布からチケットを抜き取り、ゲートへと足を向けたそのときだった。

一瞬、視界の端に引っかかるものがあった。その場に立ち止まり、周囲に視線を走らせる。入場口に並ぶ人たち、階段を上がる人たち、売店に群がる人たち。

急に胸が苦しくなった。

今、私は確かに見た。見たはずだ。最近の新しいユニフォームに混じって、私と同じ古いマーキングの書体がどこかに、確かに。

10——M.RICHARDES

身体がぶるっと震えた。

ひょろりと背の高い男の背中がそこにあった。

しょうへいくん。

唇のあいだから声にならない声が漏れる。

私の息づかいなどわからないはずなのに、次の瞬間、その男は忘れ物に気づくような仕草で、くるりとこちらを振り向いた。

レオ

2017

REO

二〇一七年十一月十八日――

「おーい、もう出る時間だぞ」

玄関で夫が呼んだ。

自室の文机に向かっていた夏美は、昨日区役所から持ち帰った用紙の横にペンを置くと、その薄い紙を折り畳んで封筒にしまった。

ふう。頬を膨らませてひとつ息を吐き、意を決して立ち上がる。

今日の試合が終わって家に帰ったら、夏美はこれを夫に預け、それですべてを終わりにするつもりである。

「うん、すぐ行く」

遅れて返事をし、急いでオレンジのシャツに袖を通すと、不吉な雨音が窓を叩いた。

夏美が夫の博明と出会ったのは、二十年前のことだ。

三十代の半ばにさしかかり、いよいよ婚期を逃しそうな夏美を見かねて、職場の同僚が紹介してくれた人だった。

「アルビレオはね、今年からアルビレックスになったんだよ」

アルビレオってのは星座の――夏美も兄の影響でサッカーが好きだったから、彼とは最初から話が合った。

ふたりのデートはといえば、もっぱら陸上競技場でのサッカー観戦だった。試合が終われば白山公園をぶらぶら散歩して、古町にある彼のいきつけのお店でご飯を食べる、その繰り返しだった。

「俺と一緒にいても、いつも同じで退屈だろ」

博明はすまなそうに頭をかいた。でも、たいして活動的でもお洒落でもない夏美にとっては、それで十分だった。

「本当に新潟にJリーグのチームができるのかなあ」

「いつか、鹿島とか、磐田とか、ここで見れちゃったりするのかな」

「だったらすごいね」

ときどきそんな会話で盛り上がった。当時のふたりにとって、地元プロサッカーチームのJリーグ入りは、正直なところまだ半信半疑だった。


二年後、J2が開幕し、アルビが晴れて「Jリーグのチーム」になった年にふたりは結婚した。

翌年、建設中だった新スタジアムの近くに小さな建売住宅を買った。

ビッグスワンの見える二階の寝室の窓辺にはアルビくんのぬいぐるみを飾り、クローゼットにはホームとアウェイ両方のユニフォームをつるし、車にはチームエンブレムのステッカーを貼った。それはアルビが好きな夫婦にとって、まさに幸せの象徴のような家だった。三年後に夏美が赤ちゃんを身ごもるまで、ふたりの暮らしは順風満帆だったといっていい。

「あとはJ1に上がれば最高だよね」

「最高だね。子どもの名前、反町でも俺は構わないよ」

「あはは、それはやだなー。でも、昇格したら盛大にお祝いしようね」

ところが、アルビがJ2の首位を快走し、いよいよふたりの夢が叶う、その直前に夏美は流産をしてしまった。

夏美にとってそのショックは大きかった。仕事を休んで家でじっとしているあいだ、横になっているほかに何もする気が起きなかった。

生まれてくるはずだった子どもにも、夫にも両親にも申し訳なくて、ひたすら自分を責め続ける毎日だった。しぼんでしまった大きなお腹のかわりにアルビくんのぬいぐるみを抱き、ひとりで泣いた。

見かねた夫が、夏美をビッグスワンに連れ出した。

サッカーで気を紛らわせよう、忘れさせようとしてくれているのが夏美にもよくわかった。でもその夫のふるまいは、反対に夏美の神経を逆なでした。

この人は私の気持ちなんかまるで理解してくれない――

その年の秋、夫が予約したレストランでJ1昇格を祝う乾杯をしながら夏美が感じたのは、男と女のあいだの、どうしても埋められない溝の底の深さだった。

夏美がようやく元気を取り戻したのは、年が明け、職場に復帰してからだ。

仕事に追われていれば余計なことを考えずに済んだ。とにかく目の前の作業に没頭し、残業もすすんで引き受けた。キャリアアップのために、資格試験の勉強もはじめた。

アルビがついにＪ１の舞台に立った春、夫が突然、家に子犬を連れてきた。白毛の柴犬。夫はその子犬を、レオと名付けた。

「ジャングル大帝？ 西武ライオンズ？」

「違うよ。アルビレオの、レオだよ」

「ああ、そっち」

レオは可愛かった。夏美は、昔買ったアルビのユニフォームをリメイクして、レオに着せた。レオも夏美によくなついた。

それから数年が経ち、気がつけば、夏美がひとつ屋根の下で暮らしていて日常的に触れる生きものは、レオだけになっていた。ふかふかであたたかくて、いつもやさしい気持ちになれるレオに比べると、ざらついた夫の肌は、もう夏美にとって必要なものでもなんでもなかった。

嫌いなわけではないのに、夏美は夫を避けるようになった。夫のほうもまた、夏美の知らない外出時間が増えた。寝室が別になり、会話らしい会話がなくなり、ただ生活のルーティンだけが続いていく。夫婦関係は新婚の頃と明らかに変わっていた。

それでも、アルビとレオに関してだけは別だった。

愛情を失った夫婦の多くが子どもをよりどころに関係を保つように、ふたりにとっては、アルビとレオがまさに、かすがいだった。アルビの話題に限っては、以前と同じように話が弾んだ。週末はビッグスワンまで一緒に歩いて通った。帰り道では、誰のプレーがよかった悪かったと意見を言い合い、家に着けばレオを抱き上げて我先にと結果を報告した。

そんな暮らしが十年以上続いた。

スタジアムでの夫は、いつもおとなしい。けして感情をおもてに出さず、ゴールが決まっても少し腰を浮かす程度で、勝っても拍手をするだけ。負けたときも、まあ次の試合で頑張ればいいよ、と小さくつぶやくくらいだ。

ところが今シーズンになって様子が変わった。

ホームで神戸に敗れた九月の終わり、夫は珍しくスタンドで試合を見下ろしながら、強い口調でチームをなじった。サッカーのスタイルが見えないとか、プレーのレベルが低すぎるとか、文句を吐き散らした。

隣に座っていた若いサポーターと言い争いになり、夏美は夫の袖を引いて試合途中で席を立たなければならなかった。

これまで降格の危機を何度も免れてきたアルビではあったけれど、開幕からの低迷と監督交代を経て、いよいよ今年は本当に崖っぷちまで追い詰められていた。そのせいで夫もまた、精神的に追い詰められていた。

決定的な出来事が起こったのは、その翌日だった。

夏美が近所に買い物に出かけて家を留守にしているとき、レオが勝手に家から飛び出し、道路で車にはねられたのだ。気づいた夫がすぐに病院に運んだものの、レオは助からなかった。

夏美は夫を責めた。玄関ドアを開けたまま庭仕事に夢中になり、レオから目を離していた夫が悪いのは明らかだった。夫は何を言われても弁解せず、夏美の怒りを無表情で受け入れた。その様子は夏美の目に、ひどくあきたりないものに映った。泣いても泣いても、そばにいる彼の存在は何の慰めにもならなかった。

夏美は考えた。どうして私はこんな男と一緒にいるんだろう。前のときも今回も、この人は私のかなしみに寄り添ってはくれない。こんな男とこれ以上時間をともにして、いったい何になるだろう。

幸い、夏美には仕事があった。収入は夫よりいいくらいだった。

人生をやり直すなら、今しかないかもしれない。

昨晩、夏美は夫と話をした。

「私たち、離婚しよう」

お金のこと、家のこと、お互い今後の生活に困らないよう、ちゃんと考えてから切り出した。

「私がこの家を出て行くから」

夫はこくりと頷き、好きなようにしていいよ、と言った。

「でもまだJ1にいるうちは、一緒にアルビを応援してくれないか」

夫が出した条件はそれだけだった。今度は夏美が頷いた。

ビッグスワンの空は薄暗く、冷たい雨がポンチョを濡らしている。

今日ばかりは顔見知りのサポーターとすれ違っても、あまりたくさん言葉を交わせなかった。可能性がゼロになるまであきらめない——その強い気持ちを、夏美は仲間と共有することができなかった。

試合が始まっても、ゲームの内容がまったく頭に入ってこない。そのかわり、夏美は走馬燈でも見るかのように、自分の人生とアルビのこれまでを振り返っていた。

夫と出会ったばかりのＪＦＬ時代、新婚だったＪ２時代、はじめてビッグスワンのスタンドに立ったときのあの感動、素直に喜べなかったＪ１昇格、目の前で見た数えきれないほどたくさんのゴール。

アルビが強豪相手にジャイアントキリングを起こすたび、夏美はまるで自分が褒められたような幸せな気持ちになった。

夏美にとってアルビを愛することは、人生の誇りでもあった。

試合終了の笛が鳴り、試合には勝ったものの、他会場の結果によってアルビの

J2降格が決定した。スタジアム全体をため息が包む。胸に広がるむなしさを、夏美はどう言葉で表現していいかわからない。

うなだれた選手たちがゴール裏に試合後の挨拶にやってきたので、夏美もまわりの人たちと一緒に、いつもと同じように立ち上がった。

どんなに汚い野次が飛ぶだろうかと胸を痛めた。夫だけではない。多くのサポーターが不満をためこんでいるのは明らかだった。でも夏美の耳に聞こえてきたのは、アルービレックス！アルービレックス！の大合唱だった。

「絶対に一年で戻ろう！」

「頑張った！下向くな！」

口々に誰かが叫んだ。

そのとき、夫がはじめて、選手に向けて大きな声をあげた。

「ありがとう！本当に、ありがとう！」

それを聞いて夏美は胸がいっぱいになった。夏美が選手たちに伝えたいのも、夫とまったく同じ言葉だったから。

アルビはこれで終わりじゃない。来年、きっとやり直せる。

失敗しても、また一からはじめればいいじゃないか。

ふと横を見ると、夫はシートに座りこみ、前のめりにうずくまっていた。背中を震わせ、うう、うう、とうめきながら、何かを両手でぎゅっと握りしめている。それがいつもレオに着せていたオレンジの小さなユニフォームだと気づいたとき、夏美も涙があふれて止まらなくなった。

そしてようやく気づいた。夫はずっと自分自身を責め続けているのだと。夫もまた、ひどく傷ついているのだと。

夏美は雨に濡れた夫の背中にそっと手を置いた。

嗚咽にあわせて揺れるユニフォームの生地を通して、ずっと忘れていた、懐かしいぬくもりが伝わってくる。

もうこの人と一緒にアルビを見られないなんて。

この試合が最後になるなんて。

そのとき、夏美の決意は、別の決意に変わっていた。

父のマルクスゴール

2019

FATHER'S MARCUS GOAL

十数年ぶりにドアを開けた自分の部屋は、十八歳で家を出たときとほとんど変わっていない。

本棚の漫画も窓辺の地球儀も、母が買ってくれたストラトキャスターも、当時と同じ場所で時間を止めたまま、薄く埃を被っている。

陽介は重いスーツケースを壁際に寄せ、とりあえずベッドに腰を下ろした。懐かしさより先に長旅の疲れを感じ、ごろりと横になる。

このまま寝てしまうと時差ぼけになりそうだ。そう思いながらあくびを噛み殺したとき、そばの学習机の下に、五線譜らしき紙が一枚落ちているのが見えた。気になって手を伸ばし、拾い上げる。

THE BLUE HEARTS――キスしてほしい

それは中学時代、陽介が夢中になってギターで練習した曲の、バンドスコアのコピーだった。

トゥートゥートゥー――耳の奥にあの懐かしいメロディが聞こえてくる。

二〇一九年夏。

ロサンゼルスの音楽制作会社に勤める陽介が急遽帰国したのは、父親が倒れたという報せを受けてのことだ。

脳梗塞で意識が戻らない。八十歳に近い年齢を考えると、もうこのままかもしれない。国際通話で聞いた母の声には、半分、あきらめが混じっていた。

会社に相談したところ、大きな仕事がちょうど一段落したこともあり、陽介は翌日から週末をはさんで一週間の休暇を与えられた。

ロスを発った翌々日の朝、新潟駅からタクシーで病院に直行すると、母が病室で息子の帰りを待っていた。

「どうなの？」

「先生も看護師さんもはっきりしたこと言ってくれなくて」

「かなり悪いの？」

「倒れた日から、ずっとこんなよ」

透明の柔らかそうな管につながれて横たわる父の姿は、記憶の中の父よりもひとまわり小さく萎んで見えた。

「お父さん、陽介が来てくれたよ。ほら、お父さん」

母が父の耳元でしゃべりかける。でも父はぴくりとも動かない。

「陽介もほら」

「ほらって言われても」

「もしかしたら音は聞こえてるかもしれないんだって」

しかし促されてベッドの横に立っても、陽介は父にかける言葉を見つけられなかった。本当にもうだめかもな、と思っただけだった。


目を覚ますと、台所で母がそばを茹でる匂いと音がした。

一瞬、この部屋で寝起きしていた十代の頃に戻ったような感覚になり、ようやく懐かしさがこみ上げる。

スーツケースの中を整理してからダイニングに行くと、食卓にはそばと一緒に、なぜかサッカーのチケットが一枚、封筒に入れて用意してあった。

「あ、起きた? ちょうどよかった。お昼食べなさい」

「なんだよ、これ」

「あんた暇でしょ。アルビでも見に行ってくればいいわ」

「は?」

「お父さん、本当は今日行くはずだったの。いい席なんだって」

冷蔵庫の横の壁に、サッカー選手のカレンダーが下がっている。陽介は、父がアルビレックスの熱心なサポーターだったことを思い出した。

「いや、サッカーどころじゃないだろ」

「お父さん、応援してる選手がいるの。去年入った若い子でね」

「だからさ」

「だって、チケットもったいないじゃない」

「母さんが行けばいいだろ」

「私はほら、いつ病院から連絡が来るかわからないし」

サッカーに興味はなかったが、確かに実家にいてもすることがなかった。

わざわざアメリカから帰国したとはいえ、自分が病床の父にしてやれることなど何ひとつない。それに、母から最近の暮らしぶりをあれこれと詮索されるのも面倒だった。そろそろこっちに帰ってきて、いい人見つけたらどうなの――父がこうなってしまった以上、母がひとり息子の自分に何を望んでいるか、陽介は言われなくても理解している。

理解しているからこそ、今、その話はしたくなかった。

ビッグスワンを訪れるのは、これがはじめてだった。

父の買った席はメインスタンドの高価なエリアで、ベンチまで声が届きそうなほどピッチに近かった。隣の席には親子連れが座り、陽介と同世代らしき父親が小学生の男の子と揃いのユニフォーム姿で美味しそうにビールを飲んでいた。

陽介が羨ましいと感じたのは、ビールではない。男の子のほうだ。

陽介には、スポーツ観戦どころか、父と一緒に外で遊んだ記憶がない。

弁護士だった父は、家にいるときは書斎にこもって仕事ばかりしていたし、食事中も無口でずっと険しい顔をしていた。そしていつも何かに腹を立てていた。外では人格者だったらしいが、家の中では怖い人だった。

中学に入って音楽と出会い、ギターをはじめた陽介を見て、父はいい顔をしなかった。当時でも珍しいくらい時代遅れの、堅物を絵に描いたような父にはロックを聴く趣味なんてなかった。そんなことする暇があるならもっと勉強しろ、という無言の圧力に、陽介は常に怯えていた。

「お父さんは偉い人なんだから、言われたとおりにしなさい」

たまに母の口からこぼれるその言葉に反抗するように、陽介は音楽にのめりこんだ。そして一刻も早く実家を出ることばかり考えるようになった。

最近、陽介は鏡に映る自分の顔を、やけにきつく感じるときがある。

四十代に近づいて、仕事で責任のある立場を任されるようになると、常に時間に追われ、人間関係に悩まされ、自然と眉間にしわが寄ってくる。目つきも妙に鋭くなった。

「陽介は、なんかいつも怖い」

それを別れの理由にして去っていった恋人もいた。

父に似てきた、と思いたくはない。でも、しょうがねえだろ、親子なんだから――鏡の中の自分に向かって、ときどきそんな言い訳をすることがある。

あれは確か二〇〇三年、東京の大学に通っていた陽介が、成人式のために実家に帰省していたときのことだ。

夜、風呂場から父の歌声が聞こえてきた。洗面所で歯を磨いていた陽介は自分の耳を疑った。

あの父が歌を歌っている！

それだけではない。ラララで口ずさんでいたのが、なんと「キスしてほしい」のメロディだったのだ。

「なんだよあれ、どうしたの？」

台所にいた母に訊ねた。

「あれね、マルクスよ」

「マルクス？　資本論の？」

「違う違う、アルビの」

母はそう言って、マールークースーゴール、マールークースーゴール、と手拍子つきで楽しそうに歌い出した。

「これね、応援歌なの」

陽介が高校を卒業して家を出るなり弁護士事務所をたたんで悠々自適の生活をはじめた父は、どんないきさつからか、アルビのサポーターになっていたのだ。

「まじで?」

「それがまじなの。お父さん、すっかりハマっちゃって。スポーツなんか全然興味ない人だったのに」

陽介は部屋からギターを抱えてきて、風呂上がりの父の前でそのフレーズを弾いてみせた。

「おお、それだよ」

父は上気した頬を緩め、

「もう一回、弾いてくれ」と人差し指を立ててリクエストした。

それは陽介にとって、大人になってから父の笑顔を見た、ただ一度きりの記憶だ。今度はコードをかき鳴らし、ラララで少し長めに歌った。キスしてほしい、と親の前で声に出すのはさすがに恥ずかしかった。

「お前もマルクスが好きなのか」

「ちげーよ、ブルーハーツだよ」

「ブルー……外人選手か？」

「元の曲があんだよ。俺、中学んとき部屋でずっと弾いてたじゃん」

そう、それであのとき、昔の譜面を引っ張り出して、部屋のどこかに置いたまま帰ったのだ。

大学を中退してアメリカに留学し、そこで今の会社に就職した陽介は、これまで父とまともに会話をしたことがない。なかなか息子に会えずにさびしがる母を何度かロスに招待したことはあったが、陽介自身は帰省なんてしなかったから、父と面と向かって話をしたことも、一緒に酒を飲んだこともない。

陽介にとって父はいつまでも、近寄りがたい怖い存在のままである。

今なら、互いに胸を開いていろんな話ができるだろうか。

でもきっと、もうそんな機会は訪れない。

不意に、ゴール裏からあのメロディが聞こえてきた。

応援歌――サッカーの言葉では、確かチャントというはずだ。しかし歌詞がマルクスではない。

陽介は隣の親子に訊ねた。

「あの、すみません。この歌、何て歌ってるんですか?」

「ワタナベアラタ」先に子どもが答えた。

「去年入団したフォワードの若い選手で、ほら、あの11番です」

父親が指さして教えてくれる。

ワタナベアラタ――父のお気に入りというのは、きっとこの選手のことだろう。

父はもう助からない。

でも、いや、だからこそ、父の耳元で彼のゴールを伝えてやりたい。

祈るように目をつむると、スタジアムに吹く風に乗って、歌詞がはっきりと聞こえてくる。

俺らの声が届いているかい
ワータナーベーアーラタ
オーイエー!

アルビが勝ったら

2019

IF ALBIREX WINS...

人は見た目ではないというけれど、やっぱり見た目だと思う。

例えば女友達とふたりで居酒屋で飲んでいて、男たちに声をかけられるとする。彼らが嬉しそうに話しかける相手は私ではなく友達のほうで、彼氏いるの？と先に訊かれるのも友達のほうで、ＬＩＮＥを交換しよう、と言われるのも友達のほうだ。彼らはあとからもうひとりの存在に気づき、ついでのような角度で私にスマホを向ける。

小さいときから親と親戚以外に容姿を褒められたことがない。

人から褒められるのはＴＯＥＩＣの点数と暗算の速さくらいで、可愛いと言われるとしても、それはアクセサリーとかバッグとかの小物。

脚が短く骨太でぽっちゃりとした体型も、ふくらんだ風船みたいな顔も、服や化粧やダイエットだけではいかんともカバーしがたく、それゆえに私は、人からずいぶんナメられて生きてきた。

自分自身の恋愛経験なんて片手で数えるほどもない。私はいつだって友達の引き立て役だった。

あー、私は恋とか似合う女じゃないんだよな。

鏡の前であきらめとともに、でもこれが自分、とようやく納得できるようになったのは、二十五を過ぎてからだ。

そんな私に好きな人ができたのは、去年の春のはじめだった。

悠介は、私が勤める新潟市内の食品加工会社に週一回、梱包材などの納品にやってくる資材業者の担当さんだった。話し方が丁寧で、窓口で対応する私にいつも笑顔で話しかけてくれて、とても感じがよかった。

私はこっそりＳＮＳで彼の名前を検索し、発見したアカウントを隅から隅まで調べて彼が独身であることを確かめ、アルビレックス新潟のファンであることまでつきとめた。

彼に近づくきっかけが欲しかった私は、アカウントをフォローしてから、勇気を出して、

《いつもお世話になっているＳ社の佐藤です。》

《私もアルビ、好きなんですよ。》とメッセージを送ってみた。
本当は、サッカーなんて日本代表の試合すらまともに見たことないのに。
《まじですか、じゃあ今度アルビトークしましょう》
明るい返事に心拍数が上がった。
《でも私、最近ファンになったばかりで……。》
《全然大丈夫。よかったら今度、飲みに行きましょう》
《いいですね、ぜひぜひ。》
職場では「失礼します」「お世話さまです」なんて頭を下げ合いながら、オンラインではデートの約束をしている。そんな関係に私はドキドキした。なによりむこうから誘われた、という事実に胸が弾んだ。
日時とお店が決まると、私は選手名鑑を買い、ウィキペディアを読みこみ、動画を検索して、アルビの知識を頭に叩きこんだ。
「嬉しいなー。俺のまわりってアルビ好きな人いなくてさびしくて」
「えー、私もですー」
最初のデートは上々だった。手応えもよかった。私は彼の特別な存在になれるかもしれない、そんな気がした。

それから五月の連休までにさらに二回ほどふたりで飲みに行き、三回目の夜、私はいよいよ彼の部屋に連れこまれた。

学生時代から告白というのはされるものではなくするものと決まっていた私は、彼の反応に怯えつつ、ベッドの中で彼に言った。

「ねえ、うちらさ、このまま付き合っちゃおうよ」

確かめておかないと、一度きりで終わっちゃいそうな気がしたのだ。

彼は、ん、と私の目を覗きこんでから、少し考えて口を開いた。

「じゃあ、アルビが勝ったらね」

「へ」

「明日のレノファ戦。アルビが勝ったら付き合ってもいいよ」

あ、私、やっぱりナメられてる。

そう思ったけれど、でもそのとき、私は憤慨するより先に、好きな男から与えられたチャンスを素直に喜んでしまった。「引き分けじゃダメ?」なんて確認してしまった。

そしてその試合、アルビは勝った。ゴールを決めたレオナルドという選手が、私には神の使いのように見えた。

「俺ら、これからアルビの試合、一緒に見に行こうよ」

うんっ、と力強い返事をした私は、さっそく通販でユニフォームとタオルマフラーを買った。私は恋のためにアルビサポになったのだ。

でもその幸せは長く続かなかった。

夏が近づいた頃、私たちは些細なことから口喧嘩をした。そのとき、

「本当は好きでもないのに、好きなふりすんなよ」

と責められた私は、あなたのことがこんなに好きなのに、大好きなのに、好きで好きでどうしようもないのに、どうしてこの気持ちをわかってくれないの、と涙を流して訴えた。

でも違った。彼はアルビについて言っていたのだった。

「サッカー知らないやつが知ったように話すの、聞いててムカつくんだよ。本当はアルビなんて好きじゃないだろ、お前」

「そんなことない。好きだよ」

そう言い返して、その場はなんとか取り繕った。

でも彼の言うことは図星だった。やっぱり見抜かれていたか、と思った。私が好きなのはアルビではなく、彼なのだった。

悠介から別れを切り出されたのは、それからすぐのことだった。

好きな人ができた、と言われた。どこの誰かと激しく問い詰め、彼のスマホを力ずくで奪ってそこに保存されている相手の女の写真を見た。中の上、くらいに可愛かった。

あー、やっぱ、結局こうなるよね、と、私は妙に納得した。

男と女は一度別れてしまうと呆気ないものだ。彼がどんな理由をつけたかは知らないけれど、次の月から会社にやって来る担当者は悠介から別の人に代わり、もう彼とは顔を合わせることも連絡を取り合うこともなくなった。

でもなぜか、私にはアルビが残った。

もうあんなやつどうでもいいんだけど、と思いつつ、週末はひまなのでスマホで試合のハイライト映像を見ては、スタンドの細かな粒子の中に彼の姿を探した。気づけば私はアルビを追いかけるようになっていた。高木善朗を、舞行龍ジェームズを、自分を捨てた男以上に愛そうとしていた。

そしてついに、ひとりでビッグスワンに通いはじめた。


シーズン終盤の十一月、私はビッグスワンのNスタンドで悠介と再会した。いつかここで彼とすれ違うこともあるだろうと思っていたから、そのこと自体に驚きはしなかった。でも彼が女連れだったことに少し心が揺れた。スマホの写真で見た女だった。私よりも若くて、普通に可愛くて、スタイルもよかった。

悠介はこういう女がいいのか、と改めて思った。女はベージュのコートにさりげなくオレンジのストールを合わせていて、そのあざとさが不快だった。やっぱり見た目のいい女には敵わない。結局そこだよね。

試合中、私は自分をなだめるように胸の内で繰り返しつぶやいた。

でも——アルビが好きなことにかけては、あの女に負けない。そこだけは絶対負けない。そう思ったら、なぜか涙がこぼれそうになって唇を噛んだ。

私はその日、アルビを心の底から応援した。ゴールが決まると誰よりも力強く、よっしゃー！と叫び、大声でチャントを歌った。そうやって、これまでのいろんなものを吹っ切ろうとした。

試合中、トイレに立って、スタンドの裏の通路を急ぎ足で歩いていたら、コンクリートの柱に寄りかかっている女を見つけた。

そばに悠介はいなかった。女は退屈そうにスマホをいじり、あくびを噛み殺していた。つまらない、と顔に書いてあった。その姿を眺めながら、私は女にも悠介にも勝ったような気がした。

別に狙ったわけではないけれど、帰りのシャトルバスでも偶然、悠介たちと一緒になった。人の列に流されるままバスに乗りこみ、手すりにつかまったら、隣に悠介が立っていたのだ。女は悠介の前のシートに座っていた。

「あ、また会ったね。どうも」

「どうも」

いまさら他人のふりをするのも変なので、私はバスに揺られながら悠介とアルビの話をした。来年の補強ポイント、ベテランの去就、守備の課題。思ったよりも話は弾んだ。

「だけどやっぱ、今年はレオナルドの決定力に助けられたよね」

「ほんとそれ。でも愛媛戦の至恩のゴールはやばかった」

「わかる。見てて鳥肌立った」

「俺も」

女は眠たそうな顔で窓の外を見ていた。オレンジのストールはくしゃくしゃになってカバンに押しこめられていた。悠介と女は終始無言だった。


その日の夜遅く、悠介から電話があった。

「なあ、俺らまた一緒にアルビ見に行かない?」

「それ、どういう意味?」

「もう一度、やり直せないかな」

簡単にやり直せると思ってるなんて、やっぱり私はナメられてる。

でも、意外と怒りはわいてこなかった。別れた男から復縁を迫られるなんて、これまで経験したことも想像したこともなかったから戸惑うばかりで、やり直せるのか、やり直したいのか、自分自身でもよくわからなかった。

だから私は少し考えて、言ってやった。

「じゃあさ、今度のホーム最終戦、一緒にビッグスワンに見に行こうよ。それで、アルビが勝ったらね」

F A R A W A Y

2020

がらがらと音を立てる年代物の格子戸を開けて、軒下に鮮やかな蜜柑色の暖簾をかける。

二〇二〇年七月十五日水曜日の夕刻、通りに人の往来はほとんどない。

道路をはさんだ向かいのカレー屋の「テイクアウトできます」の旗が、しのつく雨で肩を落とすように濡れそぼっている。

店に戻ると、板場で包丁の手入れをしていた夫のテツさんが、

「町田も雨かな」とつぶやいた。

町田？ どうして町田？

ああ、今夜はアウェイの町田戦か。

東京のはずれの街道沿いにある「割烹 鐘木」は、夫婦で切り盛りするわずか十坪ほどの狭い小料理屋である。年配の馴染み客だけでなんとか成り立っている

本当に小さな店だ。

常連客のひとり、七十歳で独り身になったばかりの山さんが最後に店に現れたのは、東京都の緊急事態宣言がようやく解除された頃だった。

「今年は長岡の花火も中止らしいじゃない。参ったねこりゃ」

私たちと同じ新潟出身の山さんは、都内在住の熱心なアルビサポーターだ。店の暖簾は染付職人である山さんがアルビのチームカラーに染めたもので――隅に白鳥のシルエットが花押のように白く抜かれている――、この人がいつ来てもサッカーの話ばかりするものだから、それに影響されて私とテツさんまでアルビの試合を見るようになった。

鐘木という店の名は、かつてテツさんとよく歩いた公園にちなんで名づけたのだけれど、それはビッグスワンのすぐそばの地名でもあって、不思議な縁を感じたものだ。

「これをくぐるのも、あと何回かな」

その日、山さんは一杯目のビールに口をつけるなり、店の入口を振り返って言った。

「俺さ、いよいよ新潟に帰ることにしたよ」

「ええっ、いつよ」

「娘夫婦がしつこくてさ。女房も死んじまったし、老人のひとり暮らしは心配なんだと。まあ、この歳でありがたい話だと思ってね」

「そう、いい娘さんじゃない」

「あいつらさあ、ビッグスワンのシーズンパスちらつかせやがるんだよ。これからはアルビだけが生きがいだ。アルベルト監督、俺はいいと思うね。今年は楽しみだ」

「俺も一度くらいは行ってみたいよ、ビッグスワン」

それはテツさんの口癖である。でもいつもその先に、

「だけど店があるから、一生無理だな」と続く。

「いつか一緒に行こうや、な」

声は出さず、和やかに頬笑み返すテツさんの横顔をちらりと見て、私は目を逸らした。

十五年前、私とテツさんは駆け落ちをした。

当時、テツさんは四十歳で、私は三十二歳だった。テツさんは結婚をしていた。幼い娘さんもいた。

三年ほどひっそり付き合い、いつのまにか互いに本気になってしまった私たちは、にっちもさっちもいかなくなって、もうこうなったら新潟を離れてふたりで東京に行こう、と決めた。

私は両親からひどく咎められ、そんなことをするなら親子の縁を切るとまで言われた。テツさんの家ではもちろんそれ以上にもめた。

テツさんも私も、頭がおかしくなるくらい悩んだ。

一緒になるかそれとも別れるか、ふたつにひとつだった。そして私たちは、まわりの人たちを全員敵に回してでも一緒になる道を選んだ。テツさんの奥さんからは、離婚を認めるかわりに、相当な額の慰謝料を請求された。

元々料理人だったテツさんは、東京に出てすぐ、知り合いのつてをたどってこの店で働きはじめた。そして事情があって店を手放すことになった経営者のあとを継いで、十年前に店の主となったのだ。

今はもう、故郷とのつながりといえば、テレビでアルビの試合を見ることと、店で新潟の酒を出すことくらいしかない。

ふたりでスーツケースを引きずって新幹線に駆けこんだ十五年前のあの日から、私たちは一度も新潟に帰っていない。

私の場合は、両親と仲直りをしようと思えば、時間をかけてできたと思う。でもテツさんに家族を捨てさせた手前、私だけが故郷に居場所をつくるわけにはいかなかった。


緊急事態宣言の解除後は、馴染み客がちらほらと顔を出してくれたものの、今月に入って新型コロナの感染者数が都内で急増し、店からまた客足が遠のいた。この雨では、今夜も厳しそうだ。

「ああ、今日から客入りか」

テツさんがまた、よくわからないことを口にする。

「客入りって、何よ今さら」

すると、山さんにＤＡＺＮが映るように設定してもらったテレビから、スタンドに観客が戻ってきた、と実況アナウンサーの声が聞こえてきた。

なんだ、またサッカーの話か。

「山さん、いるかしら」

「いるさ。濡れねずみだろうよ」

「こっちは誰も来ないね。試合終わったら、もう閉めちゃおうか」

仕込みを終えたテツさんは板場の丸椅子に腰掛け、私はその斜め後ろのカウンター席に座って、ふたりで静かにテレビを見上げた。

開始早々、いきなり町田に先制を許したアルビは、さらに一点をリードされて試合を折り返した。

「このまま負けちゃいそうだね」

「いや、まだわからん」

後半、アルビは一点を返すと、途中から最近のテツさんのお気に入りである本間至恩をピッチに送り出した。

「お、出てきた」

テツさんが身を乗り出す。いつだったか、テツさんは言っていた。

「若い選手がどんどん出てきて活躍してさ。昇格するぞって目標があってさ。そういう未来を見ていられるから、俺はアルビが好きなんだ」

でも、私は知っている。

まだ少年のような風貌のこの選手にテツさんが肩入れするのには、もうひとつ特別な理由があることを。

この背番号10は、娘さんと同い年なのだ。

東京に来てから、テツさんは私の前で一度も娘さんの話をしたことがない。


先月、テツさんの定期検診の結果が出た。

テツさんは五年前に癌を切っている。心配していた再発の兆候が、その検査で認められてしまった。

これから先、テツさんの身体がどうなるかは誰にもわからない。私はもちろんテツさんと一緒に闘うつもりでいる。こんなところでこの人を失ってたまるか、と思う。でもその一方で、これこそ私たちがいつか受けるべき罰なのだろう、と妙に納得しているもうひとりの自分もいる。

東京に来て、小さいながらも自分たちの店を持って、やっとのことで幸せらしきものをこの手に掴んだとき、私はようやく知ったのだ。自分が幸せになることは、他の誰かの幸せを奪うことだったと。

ただ、それがはたして罪深いことなのかどうかは、いまだにわからない。

検査結果が出た翌日、私はテツさんに内緒で、今も新潟にいるはずの彼の娘さんに宛てて一通の手紙を書いた。

どうか、お父さんに会いに来てあげてください。

そしてできたら、彼をビッグスワンに連れていってあげてください。

私の手元に残っていたのは十五年前の住所だから、ちゃんと届いたかどうか定かではない。父親を奪った悪魔のような女からの手紙だ。開封前に捨てられたかもしれない。

しばらく待ってみたけれど、残念なことに返事は来なかった。

後半三十分、舞行龍ジェームズのゴールでなんとか同点に追いつき、試合を振り出しに戻したアルビは、しかし終盤になってまた町田に勝ち越しを許してしまった。

「やっぱり負けそうだね。もう、片づけちゃうよ」

雨音はおさまったものの、客が来る気配はなかった。テツさんの返事を聞く前に厨房の火を止める。

こんな状態が続くようなら、しばらく営業をやめたほうがいいかもしれない。店を開ければそれだけで仕入れのコストがかかる。この際、安くない家賃を払い続けるくらいなら、貯金が底をつく前に廃業することも、あるいは山さんみたいに――。

「ねえ、テツさん」

「ん」

「新潟、帰りたいって思うことある?」

ずっと訊きたいと思っていたことが、不意に口をついて出た。

「わからんよ」

少し間を置いてからテツさんが答えたとき、本間至恩が見事なボレーシュートを町田のゴールに叩きこんだ。

おおっ、と腰を浮かしたテツさんは、ステンレスの調理台を平手でばしばし叩き、年甲斐もなくガッツポーズをしてにやりと振り返る。

「な、わからん、って言ったろ」

聞きたかったのは、そっちのほうの答えじゃないんだけど、と思いながら、私も口の端を持ちあげた。

ゴールのリプレー映像が流れる。テツさんがテレビに視線を戻したそのとき、背後でがらがらと店の扉が開いた。

「ああ、ごめんなさい。もう店じまいするとこなんだわ」

振り返ると、入口に若い女がひとり、ビニールの傘を閉じて立っていた。

長い黒髪に、今っぽいお化粧。控えめな紺のワンピースの裾が雨に濡れている。

二十歳くらいだろうか。不安げな目つきは、とても客には見えない。

あの……、と彼女が口を開いたとき、私は、あ、この子誰かに似ている、と思った。一瞬、故郷の匂いがして息をのむ。

テツさん。

ねえ、テツさんっ。

夫を呼ぶ声が、声にならずに震える。

いつか昇格の日に

2003

PROMOTION DAY

二十世紀の最後の年、ふたりは十八歳で、同級生だった。

健太郎と奈央。

同じ高校の同学年でありながら、それまでまったく接点のなかったこのふたりは、三年の春のクラス替えではじめて同じ教室になり、あることをきっかけに急速に仲を深める。

そのきっかけというのが、アルビだった。

「あのさ、奈央さんのリュックにぶら下がってるそのキーホルダーって、アルビくんだよね？　もしかしてアルビが好きなん？」

「うん。え、そっちも？」

「俺、鈴木慎吾がいちばん好き」

「え、私も！」

当時のアルビはＪ２に加入して二年目。ビッグスワンはまだ名前も決まっていない頃で、市営の陸上競技場がホームグラウンドだった。

「健太郎くん、試合とか見に行ったりするの?」

「たまに。友達と行くときもあるけど、だいたいひとりかな」

「そうなんだ。私もときどき行くよ」

ふたりはどちらからともなく誘い合っては、アルビの試合がある日、互いの家から白山まで、それぞれの自転車を走らせた。

健太郎が奈央に告白をしたのは、陸上競技場のピッチを見下ろせる歩道橋の上だった。緊張してなかなか言い出せず、俺と付き合ってくれない? と口にするのに、真下の道路を走る車を五十台以上見送った。

奈央が照れくさそうに頬を染めて、うん、と頷いたとき、健太郎は、俺は今アルビが優勝するより百倍うれしい! と心の中で思った。

それからは、アルビの試合だけでなく、学校も、学習塾も、万代や古町に遊びに行くときも、どこへ行くにもふたりは一緒だった。健太郎の自転車の後ろの荷台が奈央の定位置となり、警察に呼び止められても、後輪がパンクしても、ふたりでいれば何もかもが楽しかった。

「昇格って、英語でpromotionなんだって。promoteは他動詞で、昇格する、の場合は受身形になるみたい」

「俺、そういう話されても無理。こないだも英語、赤点だったし」

「あ、ごめん」

ふたりの会話の半分はアルビのことだった。いつか、アルビのＪ１昇格を一緒に祝う。それが進学や就職よりも大切な、ふたりだけの夢だった。

翌年、高校を卒業すると、健太郎はビジネス系の専門学校へ、奈央は福祉系の大学へとそれぞれ進学した。

それを機に、健太郎は実家を出てひとり暮らしをはじめた。もちろん勉学に励むためではない。人目を気にせず奈央といちゃいちゃするためだ。

部屋の窓からは新潟県庁の建物がよく見えた。自転車をこげばビッグスワンも近く、奈央を後ろに乗せて完成したばかりの新しいスタジアムに何度も通った。ふたりのお気に入りはその年に正ＧＫになった若い野澤洋輔で、ゴール裏から声をからして応援した。

次の年もふたりはアルビの試合に足を運び続けた。

でも夏を過ぎると、健太郎は就職活動で忙しくなり、だんだんとそれどころではなくなっていった。

時代はちょうど就職氷河期。健太郎の希望する企業はどこも狭き門だった。

もともと勉強が苦手で筆記試験に自信がなく、履歴書に書ける資格を何も持たない健太郎は、不採用の通知が届くたびにさらに自信をなくし、次第に精神的に追いこまれていった。

「無理しないで、健ちゃんの本当に行きたい会社をじっくり探しなよ」

「だからそんな段階じゃねっつの」

「焦ってもしょうがないと思う」

「だってまだ内定がひとつもないんだよ」

大学二年の奈央の呑気な台詞は、ときに健太郎を苛立たせた。

どんなに頑張ってもどうせ大卒には勝てない。そんなコンプレックスも、ふたりのあいだに影を落とした。

健太郎の専門学校の同じクラスに、就活でよく一緒になる麻里という美人の女の子がいた。

希望する分野が同じで、進路相談室や会社説明会でたびたび顔を合わせて愚痴をこぼし合っているうち、健太郎はいつのまにか、彼女のことを強く意識するようになっていった。彼女が恋人とうまくいっていないことを聞き出してからは、自分にも脈があるのでは、という気になりはじめた。

「私の彼氏、高校出てすぐ社会に出たから、なんかすごい先輩面してくんだよね。もっと頑張らなくちゃダメだとか、そんなんじゃ社会で通用しねえとか言って。それがうざくて。正直もう別れたいんだよね」

「俺の彼女は大学だから逆かな。卒業までまだ時間があるし、そもそも頭がいいから余裕があるっつーか、やっぱうちらみたいな専門の子とは違うんだよね、考え方が」

「わかる。私も大学入った友達と最近話が合わないもん」

頑張っても頑張っても内定をもらえない彼女を励まそうとご飯に誘い、

「ありがとう。健太郎くんって優しいよね」

「え、そうかな」

「私、健太郎くんの彼女さんが羨ましい」

上目遣いでそう言われたとき、頭が単純にできている健太郎は心を決めた。

ごめん、他に好きな人ができたんだ、と奈央に打ち明けたのは、その年のアルビの最終戦をビッグスワンで見た帰り道、アパートの近くの公園でのことだった。

奈央は黙って健太郎の話を聞き、そして静かにそれを受け入れた。

別れ話を終えたとき、ふたりは鉄棒に並んでぶら下がっていた。それはアルビの野澤が試合前にクロスバーにぶら下がるルーティンを真似た、ふたりがよくやる他愛ない遊びだった。

「じゃあもう私、健ちゃんとアルビ見に行けないのかな」

「うん、まあ」

「友達には戻れるのかな」

健太郎は答えられなかった。別れ話のあとにふたりで着地する場所なんて、何も考えていなかった。

二〇〇三年の春、地元のイベント運営会社にかろうじて入社した健太郎は、社会人一年目のハードな毎日を過ごしていた。

開幕からアルビが好調なのは知っていたものの、あまりの忙しさにビッグスワンに足を向けるどころかテレビ中継を見る余裕すらなかった。

麻里との関係もしばらく足踏み状態だった。彼女は健太郎の気持ちをわかっているくせに、気を持たせるばかりで、はっきりとは応えてくれない。別れる別ると言っておきながら、まだ彼氏と別れていないようだった。

ある日、仕事で大きなミスをして上司にこっぴどく叱られた夜、健太郎は会社から帰ってから、なんだかやけに奈央に会いたくなり、久しぶりにメールを送ってみた。そして彼女を深夜の居酒屋に呼び出した。

「社会人ってまじ、キツい」

「そっか大変だね」

「俺、物覚え悪いからさあ、上の人たちに怒られてばっかだよ」

「私も最近は国家試験の勉強でけっこう大変だよ」

「いやいや、こっちはそんなレベルじゃないんだって」

社会にもまれている自分とは違って、大学生なんて気楽なもんだぜ。

半年ぶりに見る奈央は、付き合っていた頃とちっとも変わっていなかった。

こいつ、たぶんまだ俺に未練がある——そのことにやすらぎのようなものを感じた健太郎は、さんざん仕事の愚痴をこぼしてから、泥酔したふりをして彼女を自分の部屋に連れこんだ。

「俺、ちょっと心折れそう。もうダメかも」

「健ちゃん、頑張れ。きっと大丈夫だよ」

それからも仕事で疲れたときや無性に誰かに甘えたいとき、健太郎はときどき奈央を部屋に呼び出した。そして愛とも恋とも関係なく、ただがむしゃらに彼女のからだを抱いた。


夏に一度だけ、珍しく奈央のほうから電話をかけてきたことがあった。

人にもらった試合のチケットがあるから、一緒にビッグスワンに行かないか、というのが用件だった。

「健ちゃんがよかったら、久しぶりにどうかなって思ってさ」

「どこ戦？　何時キックオフ？」

「札幌戦で、夜だよ」

でも健太郎はそれを断った。その日はちょうど長岡の花火大会の初日と重なっていて、彼はそれに麻里を誘う心づもりでいたのだ。

正直にそう言うと、じゃあしかたないね、花火楽しんできてね、と奈央は普段と変わらぬ声で電話を切った。


秋が深まった十一月の後半、健太郎は過労で体調を崩して一週間ほど会社を休んだ。イベントシーズンで土日も出勤が続き、現場をいくつもかけ持ちしていたので、若いとはいえ、さすがに体力的な限界がきていた。

悪いときには悪いことが重なるもので、麻里が彼氏と結婚するらしい、という話を専門学校時代の友達づてに聞かされた。すでに彼女のお腹には子どもがいるそうだ。麻里とは花火の誘いを断られてから、しばらく会っていなかった。

あーあ、なんだかなあ。

雨のぱらつく日曜の午後、久しぶりの休日をもてあました健太郎は、Ｊ２の最終節、アルビがホームに大宮を迎えた一戦を、部屋のテレビでひとり静かに眺めていた。勝てばＪ１昇格が決定する、そういう大事な試合だということは、中継がはじまってから知った。

前半、上野優作の先制ゴールが決まったとき、健太郎は奈央に、

《久しぶり。アルビ見てる？ このままいけば昇格だね》

とメールを送った。でも返事はなかった。奈央のことだから現地にいるのかもしれない。きっと試合に夢中で気がつかないのだろう。

いよいよ試合終了の笛が鳴り、アルビがＪ１昇格を決めると、健太郎の胸は熱くなった。陸上競技場に通っていた頃のことを思い出し、おお、俺たちのアルビがついに！と感動した。そしてもう一度、奈央にメールを送った。

《やった！今夜、ふたりでお祝いしよう！》

返信を待ちきれず、健太郎は興奮しながら通話ボタンを押した。

十数回の長いコールのあとで、ようやく奈央が電話に出た。

「もしもし」

「奈央、アルビ見てた？ 昇格決めたね」

「うん、そうだね」

「今夜、来ない？　お祝いしよ。俺、デッキィでワイン買っとくよ」

「え、今日？」

「うん、飲もう飲もう！」

「……」

「なあ、俺たちやり直そうよ」

健太郎は言った。奈央はその言葉をずっと待っているに違いなかった。

ところが彼女の口から出た答えは、期待したものと違った。

「健ちゃん、私、もう無理だよ」

通話を終えると、健太郎は携帯電話を放り投げて、ごろりとベッドに横になった。テレビではまだアルビのことをやっていた。でもさっきまでの興奮はどこへやら、健太郎の胸はすっかり冷えきって、からっぽだった。

中継が終わると健太郎はテレビを消して、これまで奈央と自分のあいだにあったことを思い返した。ありったけの記憶をかき集め、自分が奈央に何をしたかを考えているうちに、だんだん謝りたくなってきて、もう一度電話をかけた。

でも、いくらコールしても奈央は電話に出なかった。

気づくと部屋は真っ暗で、窓から見える県庁の建物に、「J1」「祝」のウインドウイルミネーションが浮かび上がっていた。


さて、この話には続きがある。

それから十六年後の二〇一九年の秋、健太郎は偶然、街で奈央と再会した。

久しぶり、と言葉を交わす互いの表情は晴れやかで、また会えたことを素直に喜び合った。アラフォーのふたりはどちらもまだ独身だった。

「奈央、アルビ見てる?」

「結果はチェックしてるよ。健ちゃんは?」

「俺もそんな感じ」

健太郎はダメもとで、彼女をビッグスワンに誘ってみた。

試合が最終節の長崎戦だったのは、何かの縁としかいいようがない。

その年、それまで公式戦の出場がなく引退を囁かれていた大ベテランの野澤洋輔が、後半ロスタイムにピッチに立った。

そのとき、客席で奈央がこらえきれずに流した大粒の涙を、健太郎はきっと、生涯忘れないだろう。

「奈央……ごめんな」

今度こそ、Ｊ１昇格を一緒に祝いたい。

その願いを叶えることが、ふたりの今の夢である。

空の時間

1999

THE SKY BETWEEN PAST AND FUTURE

ばあちゃんが散歩に行きたいと言い出すとき、それに付き合うのはいつも僕の役割だった。

散歩といっても、ばあちゃんは足が悪くて、あまりたくさんは歩けない。わずかな距離なら杖をついてなんとか歩けるけれど、ばあちゃんにとっての「散歩」はいつも車椅子で、実際に歩くのはそれを押す僕である。

「あきちゃん、散歩に行こて」

たいていは平日の夕方だ。僕が学校から帰ってくるのが四時過ぎだから、というのもあるけれど、夕暮れどきに部屋に閉じこもっているとすごくさびしいのだとばあちゃんは言った。

その年の春から夏にかけて、僕とばあちゃんはよく散歩に出かけた。

僕は十六歳で、ばあちゃんがまだ元気だった最後の年だ。

散歩は海岸沿いのランニングコースと決まっていた。家から歩いて五分ほどで着くものの、その道に出るまでに急な坂道を上がらなければいけないので、父も母も妹も重たい車椅子（＋ばあちゃんの体重）を嫌がって、忙しさを理由に誰も散歩の相手をしたがらない。体力のある若い男、というわかりやすさでその役割を押しつけられたのが僕なのだった。

「ああ、今日はきれいな鴇色らね」

ばあちゃんは昔、カルチャースクールで日本画を習っていたので、色の名前に詳しい。薄紅、杏、茜、紅藤、牡丹、黄丹――いろんな色の名前を、僕はばあちゃんが口にする空の色でおぼえた。

ばあちゃんの乗った車椅子を押しながら、ゆっくり三十分くらいかけて、海の見えるランニングコースを歩く。

道の途中に小さな展望台があって、そのそばのベンチで一度休憩をとる。ばあちゃんの車椅子を横付けすると、ベンチが海に正対しているため、ばあちゃんも自然と海を見る格好になる。

日没のときは夕日が沈みきるまでそこを動かない。どちらが決めたというわけではないけれど、自然とそういうことになった。

「そろそろ帰ろて」

ばあちゃんがそう言ってから、僕はようやく腰を上げる。

散歩をしながら、ふたりで何かを話すわけではない。

ばあちゃんは、母親や妹や親戚の叔母さんのように余計なこと——例えばテストのこととか、将来のこととか、好きな女の子のタイプとか——をいちいち訊いてこないし、僕も、ばあちゃんに訊きたいことなんて何もなかった。そのときまだ高校一年だった僕は、ばあちゃんがこれまでどんな人生を歩んできたかなんて知りたいとも思わなかった。

ばあちゃんは寡黙な人だったし、僕も普段は口数が少ないほうだった。ふたりで黙って前に進み、黙ってベンチに腰かけ、黙って来た道を引き返した。それだけの散歩だった。会話らしい会話なんてほとんどなかった。

散歩中にばあちゃんから言われたことで、ふたつだけ、僕はよくおぼえていることがある。

ひとつは、学校の三者面談があった日のことだ。

その日、翌年の進級にあたって文系か理系か、どちらを選択するか決めなければばいけなかったのだけれど、僕は正直どっちでもよく、そもそも将来何をしたいのか、どんな進路を希望するのかさえよくわからず、先生と母親を困らせた。

「んもう、情けないったらなかったわ。あんたね、自分の将来のことくらいちゃんと自分で考えなさいよ。先生だって困ってらしたじゃない。私だってせっかく仕事早引けしてきたのに、恥かかされちゃったわ」

母が腹を立てるのはもっともだった。進路相談なのに進路を何も相談できなければ、どうしようもない。台所で不機嫌をまき散らす母から逃げるように、僕とばあちゃんは散歩に出かけた。

「あきちゃん、あんた、やりたいことやんなせや」

いつものように展望台のそばのベンチに腰かけると、遠くの佐渡の陰影を見つめながらばあちゃんは言った。

「男はね、やりたいことをやるのがいっちゃんかっこいいんだて。やりたいことが見つからないうちは、何もしねでいんさ。そんなのはいつのまにか、自然に見つかるもんらすけね」

うん、と僕は答えた。

もうひとつおぼえているのは、テレビでアルビレックス新潟の特集を見たばあちゃんから、

「あきちゃん、あんたサッカーやんねかて」と勧められたことだ。

「サッカー？」

「運動したら、いいんじゃないの」

「いや運動苦手だし、今さら部活入るのとかだるいし、体育会系とか似合わないし。それにサッカー部なんか入ったら、毎日練習あるから、こんなふうに散歩できなくなっちゃうよ」

あとで母から聞いた話によると、ばあちゃんの息子さん――つまり母の兄で、僕の伯父さんにあたる人――は、学生のときにサッカーをしていたのだそうだ。みのるさんという名前のその人は、僕が生まれるずっと前、まだ若いときに亡くなった。

ばあちゃんの子どもは、みのるさん、僕の母、それと母の妹の三人で、四人いる孫も僕以外の三人はみんな女だ。血のつながった家族の中で生きている男は、僕ひとりなのである。今思えば、ばあちゃんは僕に、みのるさんの面影を重ねて

いたのだろう。

「でもサッカーって、見るのは面白いよね」

「アルビレオ、Jリーグに入ったんろ。見てみたいねえ。新潟のチームがJリーグだなんて夢みたいらて」

「うん、アルビレックス、J2だけどね。今度、試合見に行ってみる?」

「そうらね。行ってみっかねえ」


ばあちゃんとアルビの試合を見に行ったのは、秋の土曜日だった。暑さが落ち着いて過ごしやすくなってから、と思って秋まで待ったのに、真夏みたいに暑い日だった。

父も母も最初は面倒くさそうな顔をしていたけれど、どうしたって車での送り迎えが必要だったし、何かあったときに付き添いが未成年の僕ひとりでは不安だったのだろう、結局、家族総出で行くことになった。家族でサッカー観戦とかまじ恥ずかしい、と言っていた妹も、自分だけ仲間はずれになるのは嫌らしく、ぶつぶつ文句を言いながらついてきた。

当時はまだビッグスワンなんてものはなく、試合会場は白山にある市営の陸上競技場だった。対戦相手は川崎フロンターレで、試合はアルビが大差で負けた。

でもばあちゃんは満足そうだった。試合を見ながら、ぺちゃくちゃと珍しくよくしゃべった。バックスタンドにある火焔土器は何なのかとか、ゴール裏の歩道橋から試合をのぞき見している不届き者がいるとか、ずっと口を開いていた。意外なことにばあちゃんはオフサイドのルールを知っていて、母と妹に得意そうに説明していた。何度もアルビのことをアルビレオと言い、妹に、だから今はアルビレックスだっつーの、と訂正されていた。いつもと違う場所に家族みんなで出かけて、ばあちゃんは少し興奮していたのだ。

ハーフタイムのとき、ピッチから引き上げる選手たちを見下ろしながら、あの人がいい、とばあちゃんはひとりの選手を指さした。

「あの人がいいて。いい選手だて」

プレーのよしあしまでわかるのかと思ったけれど、そういうことではないのだろう。その選手はきっと、みのるさんにいちばん似ていたんだと思う。

試合が終わって、家に帰ってきても、ばあちゃんはまだ少し興奮していた。

「あきちゃん、散歩に行こて」

そう言って、僕らはいつもの散歩に出かけた。

「サッカー、面白かったね」

「なんだか懐かしかったて」

「みのるさん、サッカーやってたんだってね。母さんから聞いたけど」

「あの子はね、サッカー選手に憧れてたんさ」

「ふうん。でもその時代はサッカー選手なんて職業、まだなかったんじゃないの？ 少なくとも日本には」

「そうらね。プロなんてないからね。この子何言ってんだって、みんなに言われてたけどね。でも、あの子はほんのきにサッカーが好きでね。学校が終わってから毎日、練習頑張ってたて。私、散歩がてらよく見に行ってましたて。でも見に行ったことがわかると、母親が見に来るなんて恥ずかしいんだろうね、怒られるんさ。だっけそっとね、隠れたところから見てましたて。夕焼けのときはね、砂のグランドがきれいな色になるんさ。長い影がこう、真っ直ぐ伸びてね。そのうち、影のかたちで、あれはうちの子だな、あれは友達のあの子だな、ってわかるようになるんさね」

やっぱり、ばあちゃんはその選手にみのるさんを見ていたのだった。

「ばあちゃん、もっと早く、僕が小さいときに勧めてくれれば、サッカーしたかもしれないのに」

「いいんだて、そんなの。今日、一緒にアルビの試合見てくれただけで、私は嬉しいですて。ありがとね、あきちゃん。あきちゃんはやさしい子らね。私はそれだけでもう、涙が出るくらい嬉しいですて」

*

今日、ばあちゃんの二十三回忌で親戚が新潟の実家に集まった。

僕はもういいおっさんで、結婚して小学生の子どもがいる。妹も今は二児の母だ。子どもたちはみんな、ばあちゃんのことを知らない。

「これでもう、最後にしていいわね」

お経のあと、母と父と叔母さん夫婦が、そう話しているのを耳にした。次の二十七回忌はもうやらない、ということだろう。これでもう、ばあちゃんは、ばあちゃんを知っている人たちの心の中にしか存在しなくなる。

僕は午前の法要が終わってから、みんなと一緒に昼ご飯を食べずに、ひとりだけ新幹線に乗って東京に戻った。週末はJリーグの試合がある。各試合会場の記者たちから上がってきたレポートをまとめてチェックし、配信しなければいけない。僕は今、東京の高層ビルの一室でサッカーメディアの仕事をしている。

夕方、作業が一段落したところでデスクのノートパソコンからふと顔を上げると、窓の外の夕焼けがきれいだった。東京では珍しいほどの、本当に色の濃い、鮮やかな茜空だった。

コーヒーを片手に、窓辺に立つ。偶然にも、最後に僕がチェックしていた記事はアルビの試合のものだった。

僕は今、やりたいことをやれているよ。

サッカーにも、こうして関わってるよ。

ばあちゃんに教えたいな、と思う。でもばあちゃんはもう知っている気がする。

知っていることを伝えるために、こうしてわざわざ、僕にきれいな夕焼けを見せてくれているに違いない。

「ばあちゃん、そうだよね。みんな知ってるよね」

同じ言葉を胸の中で繰り返しながら、ビルのむこうに沈む太陽に目を細めた。

二十年以上前にばあちゃんと見た夕焼けと、今日のこの東京の夕焼けは、きっと何も変わらない。みのるさんがグラウンドでボールを蹴っていたときの夕焼けも同じだ。空には、僕ら人間の時間とは違う、空だけの時間が流れている。

夕日が見えなくなってから、僕は自分のデスクに戻って椅子を引いた。

両手でつかんだ背もたれの感触でふとばあちゃんの車椅子を思い出し、僕はもう一度、日の落ちた空を振り返った。

秘密のアウェイ旅

2020

SECRET TRAVEL

「トコちゃん、あんた本当に運転、大丈夫なの?」

母は後部座席に乗りこむや、運転席でバックミラーの角度を調節する私の耳元で不安げに囁いた。

「怖かったらいつでもお父さんに代わってもらいなさい」

「大丈夫だってば、もう。こないだも高速で長岡の叔母さんちまで行ったばっかじゃん」

言い返しながら、でも実は私も内心、かなり心細い。

秋の土曜日。

受験勉強の息抜きに温泉に行きたい、という私のごり押しで決めた一泊二日の家族旅行は、免許取りたての私が父の車を運転してのロングドライブだ。

「旅館は私が予約しとくよ。福島あたりでいい?」

「あんたがみんなやってくれるの? 悪いわね」

「ううん、全然。任せといて」

「たまには温泉もいいかもね」

「でしょう。お母さんもご飯作らなくていいし。運転は私がやるから、お父さんものんびりしてて」

でも、そうやって両親の機嫌をとり、旅館を予約した私の真の目的地は、温泉なんかではなく、実はもっと先にある。

翌日、午後二時のキックオフにあわせて、水戸ホーリーホックのホームスタジアムまで足を延ばす計画なのだ。そのことは、「帰りはちょっと寄りたいとこがあるから」とごまかして、父にも母にもまだ秘密にしてある。

旅館からスタジアムまでのルートは昨夜のうちにナビに登録済みだ。

父が玄関に鍵をかけているあいだ、私は買ったばかりのJリーグの選手名鑑をこっそりダッシュボードのポケットに忍ばせた。

かつて私の両親はアルビの熱心なサポーターだった。どのくらい熱心だったかは、橙子という私の名前から推して知るべしである。

若いとき、ふたりはホームゲームに通い詰めるだけでは飽き足らず、県外のアウェイゲームにもよく足を運んだという。

家の本棚で埃をかぶっている当時のアルバムには、全国各地のスタジアムを背景に記念撮影した写真が大量に挟みこまれていて——お揃いのオレンジのTシャツ、オレンジのマフラー、まだ髪が黒くてふさふさだった父のかぶるキャップまでがオレンジで、愛車だったというVWゴルフのリアガラスには「アイシテルニイガタ」のステッカーがでかでかと貼りつけられていた——その熱狂ぶりは写真を見ているこっちのほうが恥ずかしいくらいだ。

「俺たちのハネムーンは北海道だったんだよ」

「へー、いいね」

「二〇〇〇年の室蘭の札幌戦」

「は？」

「0対3で負けたんだけどな」

父からそう聞かされたとき、私はお母さんがなんて可哀想なんだと思った。

「いやいや、お母さんがそうしたいって言ったんだ。俺は別にハワイでもオーストラリアでもどこでもよかったんだけど」

そしてそのハネムーンは、母が私を妊娠するまで続いたらしい。

そんなふたりのアルビ熱が一気に冷えこんだのは、私が産まれた直後のことだ。母が産後鬱で体調を崩したのと同じタイミングで、父の勤める会社が急に倒産した。転職を余儀なくされた父の給料はがくんと減って、我が家はサッカーどころではなくなった。家のローンと私のオムツ代のために、母が無理してパートに出るしかなくなった。

子どもの頃のことで私がよくおぼえているのは、休みの日に畳に寝そべってサッカー中継を眺める父のだらしないパジャマ姿と、父が口にするアルビの話題を適当にあしらう母の冷たい態度だ。

「聞いたか、ゴートクがフル代表だってさ」

「あーそう、はいはい、よかったね」

「だからゴートクが」

「一度聞けばわかるから。どうでもいいから」

熱心なアルビサポだったという母の姿を、私は写真の中でしか知らない。

両親の夫婦仲は、私が大きくなり中学高校と進むにつれ、改善するどころか、さらに悪化していった。夜中に言い争うふたりの声が私の部屋まで聞こえてくることもあった。

娘が東京の大学に合格してこの家を出たら、いよいよ離婚を。そんな会話を私が耳にしたのは、去年、高校三年の冬のことだ。それは口論というより協議とでもいうべき深刻な話しぶりで、その真剣さに私はかなり動揺した。

一家離散なんて、いやだ。未成年だから親権を選べといわれても困る。私はこの家が気に入っているし、父のことも母のこともどちらも好きだった。

模試でA判定だったはずの志望校にあっさり落ちて浪人する羽目になったのは、受験の直前にそれを聞いたショックのせいである。

来年、大学に受かってひとり暮らしをはじめても、私は盆暮れにはちゃんとこの家に帰ってきて、三人でお墓参りに行ったり、年越し蕎麦を食べたりしたい。帰る家がないとか、父と母のどちらかがいないなんて、絶対いやだ。

この夏、私は予備校のオンライン授業を受けながら、その合間に近所の自動車教習所に通い、いいことを思いついた。

そうだ、私が車を運転して、両親を二十年前のハネムーンに連れて行ってみてはどうだろう。

高校のとき、私には付き合っていた人がいた。でも付き合いはじめは最高に楽しかったのに、わずか二週間で話題がなくなり、つまらなくなって結局すぐに別れた。彼はプロ野球が好きだった。私と一緒だと話すことがないくせに、男友達とは野球の話を延々とする。私にはそれが許せなかった。

野球は常に新しい試合があるから、話題が途切れない。そのことに、私は最近ようやく気づいたのだ。同じように、サッカーさえあれば。もう一度、アルビに関心を持ってくれれば、父と母だって昔みたいに――。

調べたら、十月半ばの日曜日にアウェイの水戸戦が組まれていた。

これだ。


「で、明日はどこに寄るのよ」

旅館の露天風呂に浸かりながら、母が私に訊ねる。

明日もあんたが運転するの？　お昼はどこで食べるの？　道の駅にも寄ってくれる？　お夕飯はどうする気？

「まだ秘密。明日になったらね」

そう言って母の質問をかわしてから、今度は私が切り出した。

「ねえ、お母さん、本当にお父さんと別れるつもりなの？」

「何の話よ」

「私が大学受かって東京行ったら離婚、って」

「やだ、聞いてたの？」

「聞こえるんだもん。本気なの？」

「わかんない。でも大丈夫よ」

「わかんない？　何、わかんないって。大丈夫って何が大丈夫なの？」

しかしいくら訊ねても母は答えをはぐらかすばかりで、夫婦のことは何も教えてくれなかった。

「それよりもあんた、いい加減に明日の予定教えなさいよ」

部屋に戻っても、母はしつこかった。先に戻っていた父は、浴衣姿で畳の上に寝そべり、テレビを見ながら本をめくっていた。

「この子、明日のこと何も言わないの。何か隠してるのよ」

しかたがないから私は、水戸まで足を延ばすとだけ教えることにした。

「どうして水戸なの？　納豆？　ねえ、明日、わざわざ水戸まで行くんだって。何があるか知ってる？」

母が話しかけると、父は手元の本を持ち上げ、きっとこれだろ、と笑った。

いつのまに見つけていつのまに持ち出したのか、それは私がダッシュボードに隠したはずの選手名鑑だった。


「あーあー、危なっかしい」

「大丈夫だから」

「あんたここ一方通行じゃない」

「ちょっと黙ってて」

高速道路は速度に慣れさえすればはじめての道でも単調で走りやすいが、はじめて訪れる町の一般道は想像していた以上におっかなかった。

母があまりにうるさいので、水戸市内の食堂でお昼を食べたあとの運転は父と交代することにした。

「でもまさかアルビの試合に連れていかれるとは思わなかったわ」

ぶつぶつ文句を垂れつつ、でも食堂の駐車場で車に戻るとき、母は自然な仕草で助手席のドアを開け、父の隣に座った。

「あのねトコちゃん。アウェイは天気も気温も新潟とは違うから、着るものをちゃんと考えなくちゃやなの。この時期は腰冷やすからクッションと膝掛けも必要なのに。もう」

まるでつい最近もどこかのスタジアムに行ったばかりという口調で、

「で、席はどのへんなの？」と、後ろに座った私を振り向く。

「よくわかんないから、値段がいちばん高いところを買いました」

「まあいいわ。水戸のゴール裏でさえなければ」

「はは、橙子ならやりかねないな」

父がミラーとシートの位置を直しながらにやにやしている。

もっと抵抗されると思っていたけれど、父も母も、案外素直に私の決めた予定に従ってくれた。

「トコちゃん、アルビって今、誰がいるの?」

「ごめん、私全然わかんない」

「あの選手まだいる? ほら代表にもなった……」

「だからわかんないって」

「矢野貴章か?」

父が横から助け船を出す。

「違う。剣豪っぽい……あ、武蔵」

「ああ、鈴木武蔵は確か移籍して……今どこだったかな」

「トコちゃん、名鑑あるんでしょ、調べて」

私は慌ててページをめくる。

「札幌だって」

と答え、念のためにスマホでも調べて、「あ、違う。今、海外だって」と訂正したとき、父が車を発進させながらぽつりとつぶやいた。

「まあ、またこういうのもいいいな」

私はすかさず、来年、首都圏とか関東のほうで試合があるときは私の部屋に泊まりに来ていいからね、と身を乗り出す。

「何言ってんのよ、あんたその前に大学に合格するのが先でしょう。だいたい、泊まりに来いとか言うけど、私たちの仕送りでそんな広い部屋借りるつもり？冗談じゃないわよ」

「はい、すいません」

「ふたりならそのへんの安いビジネスホテルで十分なんだから」

母が言い、ハンドルを握る父が頷く。

あ、と母が斜め前方を指さし、お、と父。

「見えてきたな」

「このスタジアムははじめてね」

「そうだっけか」

「そうよ」

そのやりとりを眺めながら、私は胸をなで下ろした。どうやら離婚うんぬんの心配は取り越し苦労だったようだ。

もう白髪まじりのふたりだけれど、ＶＷゴルフはとっくの昔に中古の軽自動車に買い替えちゃったけれど、アウェイの空のむこうに、父と母は二十年前のハネムーンの続きを見ているようだ。

手のひらのアルビくん

2016

ON THE PALM

思い出らしい思い出なんて、結局ひとつもなかったな。

丸一日かけて引っ越しの荷造りのほとんどを済ませ、でもたった一日でそれが終わったことに一抹のさびしさを感じながら、優花はダンボールに占拠されたワンルームの部屋を見回し、蛍光灯の下で舞う細かな埃を外に追い出すために窓を開けた。

この部屋を契約したのは、入社一年目の春だった。

新卒社員は男女関係なく、まず地方の支社で経験を積ませるという会社の方針に従って、新潟という見ず知らずの土地にやってきた。そして本社異動の辞令が出るまで、なんだかんだで結局五年、ここで暮らしたことになる。ずっと時間と数字に追われてばかりの、働きづめの五年間だった。

思い出かあ。

ここには仕事をしに来たんだし、別に思い出なんていらないよね。

そう胸の内でひとりごち、何気なくスマホに保存された写真を見返すものの、わずかな指の動きであっというまに五年分がさかのぼれてしまう。

予定では明日の午前中に業者がトラックで荷物を運び出し、午後、管理会社の人に部屋を明け渡すことになっている。

よし、いらないものはこの際、全部処分してしまおう。

そう意気込んで、クローゼットの扉を勢いよく開けたときだった。優花の足元で、かちりと何かが床に落ちる音がした。

あ――銀色のリングをつまみ上げ、手のひらにのせてじっと見つめる。

それは、白鳥のキャラクターのキーホルダーだった。

優花に好きな人ができたのは、この町に来て二年目の夏のはじめだった。

南雲さんは取引先の担当者で、六つ年上。懇親会という名目で開かれた飲み会の帰りに、なりゆきで関係を持ったのがすべてのはじまりだった。

新潟に来てからは友達を作るひまなんてなかったし、会社の同僚以外、普段ろくに話す相手もいなかったから、二次会のカラオケのあとで古町の路地裏のバーにこっそり誘われたとき、優花は戸惑う前にまず、自分が誰かに求められているということが素直に嬉しかった。

南雲さんは寡黙な、少し冷たい人だった。

会えるのは週に一度のときがあれば、月に一度のときもあり、つまりは彼が連絡をくれたときだけ。それでも優花にとって心を許せる男の人は南雲さんしかいなかったし、優花はふたりきりのときにときどき見せてくれる彼の笑顔が好きだった。

南雲さんには、奥さんと子どもがいた。だから思い出を記録に残すわけにはいかない。そう思って、優花はスマホのカメラを彼に向けることを控えた。

家族の話をまったくしない人だったけれど、一度だけ、彼の口から奥さんの話を聞いたことがある。

「うまくいっていないんだ。愛情なんて、もうないんだよ」

いつか南雲さんと一緒になりたいと具体的に考えていたわけではないし、そんなつもりもない。どうせ自分はそのうち本社か別の支社に異動になって、新潟を離れるのだ。

なのに、優花はすがりつくように、彼のその言葉を信じてしまった。

真夏のとても暑い日、南雲さんから、

「ちょっと子どもを預かってくれないか」

と、急に頼まれたことがあった。

「悪い。今夜だけ、ほんの二、三時間でいいんだ」

切羽詰まった口調で、南雲さんはひどく取り乱していた。優花はためらいつつ、彼を助けたい一心で理由を聞かずに引き受けた。

待ち合わせはその日の夕方、新潟駅の南口だった。

南雲さんに手を引かれてやってきた五歳の男の子は、南雲さんにあまり似ていなかった。

めったに子どもと接することのない優花は、子どもという生きものがどんなにわがままで手のかかるものかと身構えていたけれど、見知らぬ女を怪訝な表情で見上げるその子は、優花が想像していたほど幼くはなかった。

「しばらくこのお姉さんが一緒にいてくれるから、大丈夫だよな」

彼が、パパのためならしかたがない、という頷き方をするのを見たとき、あ、この子は私と同じだ、と優花は思った。

ふたりきりになって、優花はまず名前を訊ねた。

「かい。なぐもかい」

優花は少し考えて、自分の名を名乗るのをやめた。

南雲さんからは、悪いんだけどこれで、と現金の入った封筒を渡されていた。家電量販店の玩具売場で何か適当なものを買ってやって、それから近くのファミレスでご飯を食べながら時間をつぶせばいいやと適当に予定を決め、そのつもりで歩き出したとき、ふと、バス乗り場のオレンジの列が優花の目に留まった。

「あ、今夜はアルビがあるんだね」

何気なく話しかけながら、そういう手もあるな、と優花は考えた。男の子ならそっちのほうが喜ぶかもしれない。

「行ってみる?」

サッカーの試合を生で見るのは、ふたりともはじめてだった。

間近で見上げるスタジアムは威圧感があり、少し怖かった。

その夜のアルビの相手はヴィッセル神戸だった。といっても優花はサッカーに詳しくないから、知っている選手なんてひとりもいない。

「かいくんは、サッカーのルールわかるの？」

彼はこくりと頷いた。

「そうなんだ。じゃあお姉さんに教えて」

「ゴールにシュートする」

「あはは、そのくらい知ってる」

優花が吹き出すと、少し緊張がほぐれたのか、ようやく彼も笑顔を見せてくれた。垂れ下がる目尻のあたりが、南雲さんに少し似ていた。

席に着くとお尻をもぞもぞ動かしはじめたので、ああそうか、と気づいて彼を男子トイレの前まで連れて行き、そのついでに売店で焼きそばと唐揚げとポテトフライを買って、試合がはじまってからふたりで食べた。

グラウンドの緑の芝は美しく、サポーターの声援も迫力があった。

アルビのゴールが決まったとき、うおー、とスタジアム全体が盛り上がり、それにつられてふたりは控えめにハイタッチをした。

「ラファエルシルバ」

「え?」

「ゴールしたひと」

彼は大型スクリーンを指さした。

「コルテース、レオシルバ」

「あ、カタカナが読めるって言いたいのね」

「パパがおしえてくれた」

その後、得点は入らなかったものの、アルビはいくつかチャンスをつくって勝利した。試合終了のホイッスルが鳴り、やった、と拳を握った彼の瞳は、スタジアムの照明できらきらと輝いていた。

スタジアムを出てから南雲さんにメールをすると、少し待っていてくれれば車で直接迎えに行くから、とすぐに返事が届いた。

優花は、預かったお金の残りもあることだし、と思い、グッズ売り場をひやかして時間をつぶすことにした。

「かいくん、欲しいものある？　買ってあげるよ」

「いいの？」

「うん、好きなの選びなよ」

彼はずいぶん迷ってから、キーホルダーを指さした。

「え、アルビくん？　これでいいの？」

「うん」

「すみません、これください」

でも、優花はお金を支払ってからはたと気づいた。

こんなものを持ち帰らせたら、今夜のことを彼の母親に知られてしまう。

南雲さんが奥さんにどんな嘘をついているのかは知らないけれど、へたをしたら私たちのこれまでの関係までみんなばれてしまう。それだけは避けたかった。

優花は平静を装い、「私にも見せて」と言って彼の手からアルビくんを受け取ると、なくさないようにお姉さんが預かっておいてあげるね、とそれを自分のリュックのポケットに押しこみ、話題を逸らした。

「サッカー、面白かったね」

「うん」

「今度、パパにも連れてきてもらいなよ」

すると彼はひと呼吸置いてから、心配そうに優花を見上げて、言った。

「だけど、きょうサッカーみたの、ないしょだよ」

優花は虚を衝かれる思いがした。

この子はまだこんなに小さいのに、まわりの大人たちに気を使わなければいけない立場に立たされている——いったい誰のせいだろう。

南雲さんか、愛のない夫婦か、それとも、私か。

優花は返事をするかわりに彼の手を握った。それはあたたかくて柔らかい、幼い子どもの手だった。


南雲さんとは、それから半年くらいして別れた。

もう会うのをやめましょう、と優花のほうから告げた。少しあとになってから、やり直そうと言われたけれど、優花は応じなかった。

それからの三年間、優花に恋人と呼べるような人はできなかった。相変わらず仕事に追われる毎日だった。

本社異動が決まってから、一度だけ、南雲さんと仕事で会った。

打合せの最中、テーブルに置かれた彼のスマホに通知が入り、明るくなったディスプレイにオレンジ色のユニフォームを着た少年が映った。

「かいくん、大きくなりましたね」

優花がそう話しかけると、

「うん。あいつ、将来の夢がサッカー選手なんだってさ」

彼は父親の顔でにっこり笑った。

「じゃあアルビの選手になったら、私、こっそり試合見に行こうかな」

新潟を去ることは伝えなかった。

南雲さんは少し困った顔をしていた。

あの夜、返すのを忘れたふりをしてそのまま持ち帰ったキーホルダーに、優花は、ごめん、と謝る。

そして思う。

さびしかったのは、愛されたかったのは、たぶん私だけじゃなかった。

きっと南雲さんもそうだった。でも彼は私に対して冷たくするしかなかった。

冷たい人間であり続けるしかなかった。だって彼にはどうしたって失えないものがあったのだから。

手のひらのアルビくんを、ぎゅっと握りしめる。金具のあたりがちょっと痛い。

思い出を持たないふたりの、これが唯一の、恋の証拠である。

ORANGE JUNKIE

2016

ORANGE JUNKIE

私はいつも、変な男ばかり引き寄せる。

何を「変」と感じるかは人それぞれだし、誰にでもひとつやふたつ変わったところがあるのは認めるけれど、それにしても、十代の終わりから二十代の前半にかけて私が付き合ってきたのは、変な男ばかりだった。

極度のモラハラ男、浮気性のマザコン、粘着質の潔癖症に、独身を主張し続ける既婚者、帰って来ない旅人——とにかく男運が悪過ぎる。

大学院生になった二十二歳の春、私が同じ研究室にいたミツルを好きになったのは、顔の好みや性格の良し悪しよりも、この人なら真面目だし妙な性癖もこれといったマイナス点もなさそう、とにかく少しでもまともな人と付き合いたい、という消極的な理由からだった。

彼がアルビの熱心なサポーターであることは、付き合いはじめてから知った。少年時代からずっと応援していて、かなり年季が入っているという。

ふたりではじめてビッグスワンで試合を見たとき、彼は自分のことを、「アルビに関してはもう中毒だね」と笑った。

「できたらこれからも、また一緒にビッグスワンに来てくれると嬉しいな」

「うん、行く行く」

それまでに付き合ってきた男たちに比べれば、スポーツ観戦の趣味なんてノーマルすぎて何の問題にもならない。スタジアムで応援？ いいじゃない、健康的で爽やかで。私、お弁当とか作っちゃうよ。タコさんウインナー入れちゃうよ。

彼がJリーグの試合のある日にスポーツくじのｔｏｔｏを買うことも、特に気にかけたりはしなかった。「一等が当たったらさ、海外旅行しようよ」と、むしろふたりで同じ夢を見られて楽しいとさえ思った。

ん？ と最初に感じたのは、彼がｔｏｔｏを買うのをそばで実際に見たときだ。

彼はアルバイトで稼いできたお金を、二万円とか三万円とか、一週間分まるごと賭け金として投じていた。

「え、それ、多くない？」

「いや、いつもこんなもんだよ」

「そうなんだ」

「当たれば回収できるからね」

百歩譲って彼の言うとおり、たまに当たってお金がちゃんと戻ってくるならばいい。でも、それがちっとも当たらないのだ。

それもそのはず、彼はｔｏｔｏの対象になっているアルビの試合はすべて、アルビの勝利だけにしかマークしない。負けや引き分けを選ぶのは、まるでその結果を望むみたいでサポーターとしてひどく恥ずかしく、情けない気持ちになるのだという。信義にもとる、と妙な言い回しまでした。

「アルビが負けて当たっても嬉しくないんだよ」

「そんなもんかな。でも全勝できるほどアルビは強くないんでしょ」

そう私が言い返すと、

「だから、応援の醍醐味ってのは、どれだけ本気になれるかなんだよ」

ミツルは語気を強めた。こうやってお金を賭けることで、自分もピッチに立つ選手と同じように毎試合、真剣勝負をしているのだと。

「命懸けで試合に臨むんだよ」

それを聞いて私はがくりと肩を落とし、自分の運命を呪った。

やっぱり私は変な男と出会う星の下に生まれたのか。命懸けでサッカーなんか見たくない。私は試合の結果より、命のほうを大切にしたい。

その年――二〇一六年のアルビは、Ｊ１の公式戦三十四試合でわずか八勝。彼がやっているのは、当たれば大きいが的中の可能性は限りなく低い、まさにギャンブルそのものだった。

でもそのことに目をつむれば、ミツルは基本的にやさしくて性格の穏やかな、付き合いやすい男だった。

私たちは毎日、研究室で一緒に勉強して、一緒にご飯を食べて、一緒に笑い合って抱き合って楽しく過ごした。それにまだ学生だったから、少しくらいお金がなくても別に不自由はしなかった。

このまま無事にふたりとも学位を取って、どこかに就職して、もしいつか結婚するとしたら――彼に結婚願望があるかどうかはわからないけれど――その頃には、きっと彼は今より大人になって、アルビとギャンブルがハイブリッドになったこの奇妙な中毒から脱するんじゃないか。私はそんな未来に期待した。

「やばい、お金が足りない」

ミツルが急に言い出したのは、その年の秋のことだった。

一週間後に彼のお姉さんの結婚式が控えていた。もちろん彼も出席する。なのにご祝儀に包む現金が用意できない、と。

「いくらいるの?」

「弟は五万包むって言ってる。俺、家族は別にいらないと思ってたんだよ。やべー、どうしよう」

そこで例えば、私や両親に無心するとか、バイト先の店長に前借りをお願いするとか、あまり勧めたくはないけれども一時的にカード会社のキャッシングを利用するとか、そういう発想が彼にはない。

ｔｏｔｏを買うのだ。それも困った顔をしながら、やけに嬉々として。

「弟が五万だから俺も五万でいいのかな。もっと出すべきなんかな」

その日、私たちはミツルの部屋のテレビで一緒にアルビの試合を見た。

ミツルは有り金をすべてｔｏｔｏにつぎこんでいた。

ホームの浦和レッズ戦だった。前半が終わって一対一。

首位争いをしているレッズも残留のために勝ち点が欲しいアルビも、ピッチ上の選手はみんな必死にプレーしていた。

試合を見つめるミツルはというと、それ以上に必死だった。チャンスとピンチが訪れるたびに奇声を上げ、頭を抱え、テーブルや床を叩いた。

選手とともに命懸けで闘う、まさにその言葉を体現していた。

同点のまま試合時間が残りわずかになると、ミツルの口数は少なくなり、顔色はみるみる青ざめていった。

「ドローじゃダメだよね……」

私が念のために確かめると、

「いや……俺、……実はひよった」

ミツルはスマホを握りしめ、泣きそうな表情で言った。

「え、じゃあ……」

「アルビの引き分けもマークした」

私は彼のスマホの画面を覗きこんだ。なんと他会場の途中経過は、その時点ですべて、見事なまでにミツルの予想した通りだったのだ。

「あの……、つかぬことをうかがいますけど、もしかしてこのままだと、こちらのｔｏｔｏさん、一等がお当たりになるのでは？」

「明日のＪ２の結果次第だけど、今のところは……」

「当たるといくら？」

「たぶん、これだと一千万以上は……」

「いっ……」

私は目をむき、息をのんだ。

ご祝儀どころじゃない。私たちみたいなただの学生にとって、それは犯罪にでも手を染めないかぎり手に入れることのできない、とてつもない金額だ。

そのとき、歓声と悲鳴がテレビのスピーカーから同時に聞こえた。

振り向くと、ゴールネットにボールが突き刺さっていた。

「え、どっち⁉」

「……」

レッズ興梠の試合終了間際の劇的な決勝ゴール。ミツルも私も、口を開けたまましばらく声を発することができなかった。ドーハの悲劇のときってこんな感じだったのだろうか。

中継が終わると、ミツルは拳を床に叩きつけて悔しがった。歯をぎりぎりと食いしばり、目には涙をためていた。

「惜しかったね……」

「そういうことじゃないよ」

悔しいのは大金を逃したことじゃない。ご祝儀のお金を用意できないことでも、レッズに負けたことでもない。彼はただ、アルビの勝利を信じきれず、引き分けを望んでしまった自分自身を恥じ、悔いていた。

結局、そのｔｏｔｏは三等さえも当たらなかった。結婚式に包むお金は、翌日、私がＡＴＭに走って貸してあげた。

ミツルのお姉さんの結婚式当日、彼は夜遅くに私の部屋にやってきた。二次会まで出席したらしく、酒に酔った真っ赤な顔で、引出物の紙袋をぶらさげていた。おいっす、と玄関を上がるなり私に抱きつき、スーツ姿のままベッドにごろりと横になった。

「いい式だった?」

「うん、すげえよかった。俺、親父が泣くのはじめて見た」

ミツルはやけに幸せそうな目で私を見つめ、

「結婚っていいかもな……」と、ぼそりとつぶやいた。

私がそばに座ってよしよしと頭をなでてやると、ミツルは、

「お金、必ず返すから」

とだけ言って、あっというまに眠りに落ちた。


ミツルとは、次の年の暮れに別れた。

アルビはその年、ミツルの応援の甲斐なく年間でわずか七勝しかできずにJ2へと降格し、彼のtotoは一度も当たらなかった。

あまりの不甲斐なさにしばらくは落ちこんでいたものの、急に立ち直り、

「よし、来年こそ当てよう。J2ならむしろ白星は増えるとポジティブに考えて、

でかいの当てよう」

と気合いを入れ直す彼の姿を見て、私は中毒症状の恐ろしさを知った。

「もうやめなよ。やめて」私がいくら懇願しても、

「今やめたらこれまでのお金が全部無駄になるけど、当たれば一気に回収できるからやめる理由がない」と、ミツルは強引な理屈でそれをはねつけ、

「アルビサポはあきらめが悪くてねぇ」

なぜか自慢げに白い歯を見せ、笑った。

それを見て、私の気持ちはさすがに冷めた。彼がお金を無駄にするように、私もまた、彼と一緒にいることで大切な時間を無駄にしていると感じた。

私が別れを切り出したときのミツルの表情は、ｔｏｔｏが外れたときのそれと、まったく同じだった。


それから数年が経ち、つい最近、私は学生時代の女友達と久しぶりに会ってお茶を飲んだ。昔話でひとしきり盛り上がったあと、その子は言った。

「そういえばさ、あんたの元カレ、豪邸建てたらしいじゃん」

「え、何それ」

噂によるとミツルは最近、勤めていた会社を唐突に辞め、あちこちで散財し、妙に羽振りのよい暮らしをしているという。彼に何があったのかは誰も知らず、ちょっとしたミステリーなのだそうだ。

当たったんだ、と私は直感した。

ついに、でかいのが。

でもだからといって、あのまま彼と付き合っていればよかったとは、まったく思わなかった。

帰りに、ちょっと覗いてみようと友達に誘われ、車でその豪邸の前をゆっくり通った。大きくて、窓のない、要塞みたいな家だった。ガレージの入口に横づけされた高級車にオレンジとブルーのリボン状のステッカーが貼られているのを、私は見逃さなかった。

彼は今もｔｏｔｏを買い、アルビの勝利をマークし続けているのだろうか。

そういえば、貸したお金がまだ返ってきていない。

ラヴ・イズ・オーヴァー

2006

LOVE IS OVER

十九歳の春に恋人ができた。

古町の居酒屋のアルバイトで知り合い、四、五人のバイト仲間でご飯やカラオケやボウリングに行くようになって、気づいたら彼のことを好きになっていた。バイト上がりに呼び出されてむこうから告白されたとき、「え、ちょっと考えさせて」と、もったいぶった返事をしたのは、すぐに快諾して、かんたんな女だと思われるのが恥ずかしかったからだ。

恋人ができると、それまで、微妙だなあ、なんだかつまらないなあ、と思っていたことの何もかもが急に楽しくなった。

寒い冬がようやく終わり、少しずつ季節がよくなる時期だったこともあって、前の年は進級ぎりぎりの単位しか取れなかった大学の授業も新年度から改めて頑張ろうという気持ちになったし、バイトにも俄然やる気が出てきた。

「キョンちゃん、悪いんだけどドリンクだけ手伝ってくんない?」

「うん、オッケー」

ホール担当の私は接客の仕事が中心だったが、厨房担当の彼とシフトを合わせて、ときどき料理を作るほうの仕事も手伝うようになった。

四つ年上の彼は私と同じアルバイトの身分ではあるものの、バイトスタッフの中では最年長で、副店長の肩書きを持っていた。けっこうイケメンで、彼のことが好きな女の子は他にもバイト仲間に何人かいた。

私は今日子という名前で、店のみんなからキョンちゃんと呼ばれていた。

彼は嵐太郎という珍しい名前で、店長からはランと呼ばれ、年下からはランさんと呼ばれていた。私は、付き合う前までは彼のことをずっとランさんと呼んでいたけれど、身体の関係をもってからは、ランちゃん、と呼ぶことにした。私たちが付き合っていることは店のみんなが知っていたので、隠すことも気を使うこともないと思い、店の中でも、彼に声をかけるときはランちゃんで通した。敬語もやめて、ため口にした。そうすることであえて親密さを強調し、彼に気がある他のバイトの子たちを牽制するという意図もあった。

「ランもキョンちゃんも、そろそろサッカー見に行ってみろよ」

「いやあ、俺、そういうのあんま興味ないんで」

「私も、スポーツ見るのは四年に一度のオリンピックだけでいいです」

「いやいや、そう言わずに一度でいいから行ってみろって」

店のオーナー店長は、一年を通してこんがりと日に焼けた元サーファー風のロン毛の五十間近のおっさんで、地元のサッカークラブのサポーターだった。

世の中には顔採用というものがあるが、この店長の場合、履歴書に「アルビ」と書けば一発でバイトの採用が決まる。そのくらい、アルビが好きな人だった。

店で長く働いているランちゃんの話では、毎年、店の壁のアルビのポスターをすべて新しいシーズンのものに貼り替え、うやうやしく柏手を打って営業と応援の両方の気合いを入れ直すのが、この店の春の風物詩なのだそうだ。

働いているうちにもうだいぶ見慣れてしまったが、店内はどこを向いてもビールの水着キャンペーンガールとアルビの選手が同時に目に入るようになっていて、それがなんとも言いがたい一種独特の雰囲気を醸し出している。料理の評判がいいわりになかなか客足が伸びないのはきっとこの内装のせいに違いないのだが、店長があまりに応援に熱心なので、本人の前では誰も言い出せずにいた。

「まじでさ、売上の足引っ張ってんの店長だよね」

「まあ、サポーター仲間みたいな人が常連で来てくれるからいいけど」

私とランちゃんは、他のバイト仲間と一緒に陰でしょっちゅう店長の悪口を言い合った。とくにビッグスワンで試合がある夜は、店長が仕事よりもそっちを優先して店からいなくなるので、言いたい放題なのだった。

「店長の知り合いのあの四人組でしょ。でもあの人たち安い酒しか飲まないし、フードもろくに頼まないで遅くまで居座るし」

「でもアルビが勝ったとき、高い刺し盛りと村上牛のステーキ注文してたよ」

「あ、そういやさっきキャンセルくらった村上牛、店長帰ってくる前にうちらで食っちゃう？」

「食っちゃお食っちゃお」

「ついでに客が残したこのワインも飲んじゃお」

「飲んじゃお飲んじゃお。あ、でも私まだいちおう未成年だからやめとく」

バイトはゆるくて楽しかった。

私は自分が「副店長の女」であることを利用して、自分の好きなものを勝手にメニューに書き加えてランちゃんに作らせたり、友達が店に来たときはちょっとだけ安くしてあげたりもした。昼間は大学、夜はバイト、あとの時間はランちゃんと一緒。その頃の私にとっては、それが生活のすべてだった。

その年の秋、大きな地震が中越地方を襲った。

地震発生のそのとき、私は店にいた。ちょうどオープン前の時間帯で、目の前の棚にあった酒瓶が何本か床に落ちて割れた。

ランちゃんの実家は長岡の少し山のほうにあったので、けっこう被害が大きかった。実家の建物は半壊し、家族はしばらく避難所生活を強いられた。彼の両親が営んでいる小さな商店もかなりの打撃を受けた。

冬のあいだ、ランちゃんはしばらくバイトを休み、実家に帰って、震災の片づけや両親の仕事を手伝って過ごした。私も何かの役に立ちたくて、

「よかったら手伝いに行くよ」と言ってみたのだが、

「いや、キョンちゃんは学生なんだから、ちゃんと学校行って勉強して」

その申し出はランちゃんにきっぱり退けられてしまった。

恋人に会えないのはひどくさびしかった。でも事情が事情だったのでしかたなかった。私はランちゃんの分も頑張ろうとバイトのシフトを増やして、ランちゃんのかわりに厨房に立ったりもした。

雪が解けて春になるとランちゃんは新潟に戻り、バイトにも復帰した。私たちはまた前と同じように一緒に過ごせるようになった。

「長岡はもう大丈夫なの?」

「うんまあ、なんとかなりそうだよ」

それから夏が来て、秋になり、年が明けた。私たちは付き合いはじめて丸二年になろうとしていた。

春に四年生になる私はいい加減、就職活動をはじめないといけなかった。東京で仕事をしている友達に誘われて、それがすごくお給料のいい会社だったので心が揺れたけれど、ランちゃんがずっと店で副店長のままなら、私には新潟で仕事を見つける以外、選択肢がなかった。

「俺、しばらくまた長岡に帰ろうと思うんだ」

ランちゃんがそう言い出したのは、バレンタインデーが過ぎた頃だった。

「今度は、ちょっと長くなるかもしれない」

「えっ」

「実家の店、やっぱまだ震災前の状態に戻らないんだよね。父さんも母さんも頑張ってんだけど、いろいろ大変でさ。妹が手伝ってるけど、あいつまだ高校生だし。とりあえず俺が店に入って、立て直してやんないと」

えっ、と口を開いたきり、私はその先になかなか言葉をつなげられなかった。あんなに大きな地震で被災したのだ。そういう事情ならしかたがない。理解できる。だけど、長くなる、って——だから一緒に長岡に来てくれ、ってことかな。結婚しようと言われたらどうしよう。私はまだ大学生だし、せめて卒業まで待ってほしい。うん、それなら。一年くらい離ればなれになるのはさびしいけれど、前のときは四ヶ月くらい遠距離でもなんとかなったし——私はとっさにいろいろ考えた。そして、ランちゃんがそういうことを言い出すのを待った。

でも、ランちゃんは何も言わなかった。

「まだ決めたわけじゃないんだ。それもありかな、って思ってる段階でさ」

「でもお父さんたち、ランちゃんが帰ってきたら喜ぶでしょ」

「うん、まあ、それはあるよね」

私たちのあいだには、地震で彼の実家が被災したこと以外、問題なんて何もなかった。ないはずだった。家族のためにランちゃんが自分にできることをやるのは当然だったし、私もそれを応援したいと素直に思った。

ところがその日を境に、私たちの関係は少しずつ、でも急速に変わっていった。なぜか自然と会話が減り、連絡を取り合う回数も、抱き合う回数も減った。部屋で顔を合わせても、店の厨房で並んで仕事をしていても、お互いがお互いの出方をうかがうような感じで、一緒にいる楽しさより、一緒にいる気まずさのようなものがふたりの時間を支配するようになった。

好きなのに、なんだか一緒にいてももやもやする。好きなのに、同じ「好き」が相手からちゃんと返ってこなくてイライラする。好きなのに、いや好きだからこそ腹が立つという、おかしな関係になっていった。まるで、地震で地面に入った小さな亀裂がだんだんと大きく広がっていくみたいだった。

店長が店のポスターの貼り替え作業中に脚立から落ちて腕を骨折したのは、私がバイトのシフトを入れまくっていた春休み期間中だった。

「チケットがもったいないから、お前ら、ふたりで行ってこいよ」

私とランちゃんは、店長からビッグスワンのチケットを押しつけられた。アルビのJリーグの試合だ。骨折しても見に行くつもりで、店長が奥さんの分も一緒に買ったら、奥さんからとんでもなく怒られ、その二枚のチケットが宙に浮いてしまったのだという。

「いや、別に俺らアルビとか……」

「いいから、行ってこいよ。メインスタンドのすげえいい席なんだよこれ」

「はあ……、じゃあ……」

こんなもの、別に行きたくない。私もランちゃんもその気持ちは一緒だった。

もし付き合いたての頃だったら、

「試合見に行ったことにして、どっかで遊ぼうぜ」

「映画でも行っちゃう? あ、ボウリングでもする?」

なんて流れになっていたに違いない。

でも私たちはもう、そんなふたりではなかった。しかたなくチケットを受け取り、真面目にビッグスワンに行き、義務のように入場ゲートをくぐった。

雨の日曜の午後だった。いちおう屋根はあったけれど、座席のシートは濡れていた。タオルを持参するような用意はなかったので水滴を手で拭って座ると、デニムのスカートが湿って、お尻が冷たくて気持ち悪かった。

「俺、まさかふたりでサッカー見る日が来るなんて思わなかった」

「うん、私も」

私たちは試合を見ながら、しかたなくぽつぽつと話をした。

「キョンちゃん、あの選手の名前、読める？」

「何番？」

「16番」

「うーん、のう……と？」

「よしと」

「なんで知ってんの？」

「俺の父ちゃん、同じ名前なんさ。漢字も同じだし」

「へえ。そういえばランちゃんのお父さんの名前、私、はじめて聞いたかも」

「そうだっけ」

「うん」

でもその会話にはまるで血が通っていなかった。靴底に感じるコンクリートと同じ、固さと冷たさだった。

「俺さあ、やっぱ、しばらく実家帰るわ」

「……そっか。いつ?」

私はもう、恋人に何かを期待したりはしなかった。

「まあ、ゴールデンウィーク終わったら店辞めて、それから、かな」

「完全に引っ越すってことね」

「うん。あ、ちなみにさ、こないだ実家に帰って親と話してわかったんだけど、うちの母ちゃん、実は今、アルビ応援してて。昨日電話したら、今日わざわざ試合見に新潟来るとか言ってたから、たぶん、あの中にいるんだよね」

ランちゃんはそう言ってオレンジ色に染まったゴール裏を指さした。

「え、まじで?」

「まじで。しかも母ちゃん、店長のこと知ってた」

「まじで?」

「まじで。メル友だって」

「超ウケる」

何がそこまで面白いのかよくわからなかったけれど、私たちは笑った。ふたりで笑うのは久しぶりだった。もうそんなことでしか笑い合えなかった。

笑いがおさまると、スタンドのサポーターの歌に合わせて、ランちゃんは小さな声で歌った。

おーれーたちがーつーいーてるーさ、にーいーがーたー。

「これ歌ってると、母ちゃん、なんか勇気わいてくるんだってさ」

つたーえたい、このーおもい、あ、い、してる、にいがた。

「新潟新潟って、ランちゃん、長岡行っちゃうんでしょ」

軽くつっこんだつもりが、ちょっと険のある言い方になってしまった。

「あ、ごめん。なんか気、悪くさせた?」

「いや、私こそごめん、そういう意味じゃない」

「でも、俺、また新潟に戻ってくるつもりだよ。今の仕事も店も好きだし」

それきり、私たちはしばらく口をつぐんだ。

もし彼がいつか本当に新潟に戻るとしても、お互い、そのときを待ったりはしないだろう。それだけははっきりしていた。

雨に濡れた芝生の上を、雨に濡れた選手が走っている。ボールが滑ってあちこち行ったり来たりする。それを眺めながら私は、なんで私たちは今こんなところにいるんだろう、と思った。そしてそれはそのまま、なんで私はこの人が好きだったんだろう、という気持ちに変わっていった。

好きだった。確かに好きだった。今だって、本当は好きかもしれない。きっとそうなのに。好きなのに。それなのに私たちは終わりかけている。もう終わる。それでも、私たちはこうして今ここにいる。同じものを見ている。サッカーなんて好きでもなんでもないのに、ただ今だけは一緒にいたいから、もう少しだけ一緒にいたいと思っているから、最後の時間を惜しむためにここにいて、ボールの行方を追いかけている。

そう思うと、不思議なことに目の前のサッカーの光景が、急に、やけに愛おしい、かけがえのないものに感じられた。

アルビの対戦相手の、筋骨隆々の外国人選手がファウルを受けて試合が止まったとき、私はようやく口にすべき言葉を見つけた。

「ねえ、ランちゃん。ありがとう。私、楽しかったよ」

「うん、俺も。楽しかった」

ランちゃんは、私のその言葉を待っていたみたいに自然に答えた。

もう過去形ではあっても、今はまだ互いにそう言い合える。同じものを見ていられる。そのことを私は噛みしめた。

そして、本当にこれが最後なんだな、と思った。

あの日のアルビの対戦相手がどのチームだったとか、誰がどんなゴールを決めたとか、どっちが勝ったとか、私はまるでおぼえていない。おぼえているのは、冷たい雨と、濡れたシートと、コンクリートの固さと、スタジアムのいたるところが照明の光をはじいてまぶしく見えたことくらいだ。

＊

あれからずいぶんと時間が流れ、私は今、三十代の半ばである。

ランちゃんのあと何人かの男と付き合い、それと同じ数の別れを繰り返した。

私は、今もアルビなんて全然興味ない。でも誰かを好きになるたびに、いつも必ず、ランちゃんと一緒に見たあの試合のことを思い出す。

「ねえ、アルビの試合、見に行ってみない？」

新しい男ができると、私はそう言って相手の男をビッグスワンに誘う。

別にアルビが好きなわけじゃないのに。試合を見たいわけでもないのに。

きっと、私がこれまででいちばん好きだった男がランちゃんなのだろう。

おかしな女だと自分でも思うけれど、私はなぜかビッグスワンのスタンドからじゃないと、恋の続きをはじめられないような気がしてしまう。

あの白い翼まで

2018

TO THE WHITE WINGS

冷房の効きすぎる薄暗い部屋に、初夏の日光が強烈な白さで差しこんでくる。ハーフタイムの笛を聞くなりベッドから起き上がったユキトが、窓の内側の重そうな扉を半分だけ開いた。ホテルの部屋の窓を開けようだなんて考えたこともなかったから、私はその明るさに少し戸惑った。

「外から見えちゃうよ」

窓辺に立つユキトの汗ばんだ肌がまぶしい。

「見えないよ、ここ二階だし。目の前、鳥屋野潟だし。来てみ」

ほら、とあごをしゃくるので、スマホを枕元に置き、薄いシーツを身体に巻きつけてから、私はユキトの横に並んだ。

あ、と思わず声が出たのは、彼の言いたいことがすぐにわかったからだ。

「ビッグスワン」

「うん。この部屋から見えるって、最後になって気づいた。まあ、だからどうって話でもないけど」

たった今まで6インチのスマホ画面で凝視していた試合が、あの白い屋根の下でリアルなサイズで繰り広げられていると思うと、縮尺の感覚がおかしくなるような妙な感じがする。

私が思ったまま口にすると、ユキトは、ほんとそれ、と言ってから、

「俺らがもう会えないってのも、変な感じ」と付け加えた。


ユキトとは、年末の中学の同窓会で再会した。

三十歳を過ぎてから幹事の気まぐれでときどき開かれていたその会に私が参加したのは、それがはじめてだった。仲のいい旧友とは普段から連絡を取り合っているし、仕事や子どもの自慢話を聞かされるのはいやだし、着ていく服を考えるのも面倒だしと、誘われてもこれまでずっと断ってきたのだけれど、一度くらい行ってみてもいいか、という気になったのは、夫とふたりきりの冬休みが退屈で、ひどくつまらなかったからだ。

夫は七つ年上で獣医をしている。彼がまだ勤務医だったときに出会い、動物を

愛する姿に胸を打たれて、こんなにやさしくて慈悲深い人なら、と思って付き合いはじめた。そして彼の独立開業を機に籍を入れた。

ところが一緒に暮らしはじめてみると、彼の女性の扱いは、動物のそれとはまるで違っていた。高圧的で自分勝手。生活のすべては夫中心で回り、妻はそれに従って当然と考える。喧嘩になるとすぐに手が出る。動物は上手に愛せても、人間は上手に愛せない人だった。結婚前にいいところばかり見てきた反動か、いやなところばかりが目についた。

それでも、自分の決めた相手だし、何不自由ない暮らしをさせてもらっているのだから、できるだけ彼に合わせよう、自分を変えようと私は努めた。子どもができたら、彼も少しは変わってくれるかと期待した。でも結婚して五年が経っても妊娠の兆候はなく、そのうちベッドを共にすることもなくなった。

ユキトが同窓会に来ることを、私は知らなかった。

「おっ、久しぶり」

夏休み明けの教室みたいな調子で店に入ってきたユキトは、

「アキナじゃんか。すげー懐かしいんだけど。全然変わらないね」

私を見つけて隣の座布団に腰を下ろすと、そう言って、ぽんと私の肩を叩いた。教室の窓際で机を並べていたときと変わらないその仕草に、私の頭はくらくらした。

「ユキトも変わんないね」

「そうかな。いやー、でも生え際とかやばくなってきたよ」

聞けば彼は小学校の教員で、結婚して子どもがひとりいるという。確かに見た目には年相応の変化を感じたけれど、ユキトは私の記憶の中のユキトのままだった。

その同窓会は、私にとってこの数年間でいちばん楽しい時間だった。自分でも驚くほどたくさんお酒を飲んで、いっぱいしゃべって、珍しくカラオケまで歌った。十七歳のときに流行った歌の歌詞が、今になってやけに胸に染みた。ユキトとデュエットまでした。来てよかった、と思った。

でも楽しんだ分だけ、翌日、ひどく落ちこんだ。

目の前にあるのは散らかり放題の家、夫の不機嫌な顔、その身体から立ち上る獣の匂い。楽しかった時間と現実との落差があまりにも激しかった。

私は、前の晩の出来事が夢ではなかったことを確かめたくて、ユキトと交換したＳＮＳのアカウントにメッセージを送った。
久しぶりに会えて嬉しかったよ、とだけ短く。
《俺も。まさかアキナに会えるとは思わなかったよ》
返事はすぐにきた。ユキトも喜んでくれていた。
私はそれにまた返信をして、彼の反応を待った。そして、年末年始を夫の実家で過ごすあいだ、彼と文字のやりとりを続けた。三が日が明け、動物病院が通常営業に戻り、また普段の暮らしがはじまっても、それは続いた。
《よかったら今度、飯でも食おうよ》
彼がそう送ってくれるのを、私は今か今かと待ち構えていた。

ユキトが時間をつくれるのは、日曜の午後だけだった。
私は、同窓会で再会した友達から料理サークルに誘われた、という口実で家を空けることにした。夫の動物病院は土日も診療をしていて、平日忙しい人たちの予約でいつも混んでいる。夕方までに家に帰り、夕飯の支度に間に合えば、夫にばれる心配はなかった。

ユキトと私はショッピングセンターの駐車場で待ち合わせをして、彼の車で海岸線を走り、海の見えるレストランでランチをした。

限られた時間を惜しむように、私たちはたくさん話をした。中学時代のこと、卒業してからのこと、お互いの今のこと。

ユキトのことが好きだったけれど告白できなかった、と正直に白状すると、彼もまた、私のことが好きだったのだと驚いた顔で返した。

「うそ、言ってくれればよかったのに」

「そっちこそ、言ってよ」

それから毎週、私たちは同じことを飽きずに繰り返した。

昼過ぎにいつもの駐車場で落ち合って、彼の車でご飯を食べに行き、最後は鳥屋野潟のホテルに入る。

「そういえば、アキナってアルビが好きだったよね? まだ見てる?」

「ときどき、スマホで」

「一緒に見に行ったことあったよなあ。コンちゃんとかマサカズとかいてさ、たしか六人くらいで。あれから俺もアルビ見るようになったんだよ」

中三の夏、クラスの仲のよかったグループでアルビの試合を見に行ったことがあった。当時はまだ市役所のそばの陸上競技場が試合会場だった。

あのときもう、私はユキトのことが好きだった。ハーフタイムにトイレに行ったらすごく混んでいて、後半開始に間に合わない私を心配したユキトが、ゲートの入口まで探しに来てくれたのをよくおぼえている。

「売店で焼きそば買って食べたよね」

「そうだっけ。陸上競技場に売店なんか出てたかな」

細かな部分の記憶は少し食い違うところがあったけれど、その試合がナイターの札幌戦で、とても暑い日で、新潟まつりの直前だったことは、ふたりともちゃんとおぼえていた。私の記憶では、焼きそばを一緒に食べたのは、同じメンバーで行った数日後の花火大会のときだったような気がする。

「メインスタンドのさ、けっこう前のほうで見たよね」

「うん。セルジオとか、秋葉とかいたね」

「そうそう。試合、勝ったっけ？　あ、引き分けだったんだ」

「札幌の監督、岡ちゃんだった」

「岡ちゃんだった！」

プロスポーツに一切興味のない夫とは、サッカーの話なんてできない。ユキトと再会しなかったら、私はサッカーの思い出を誰とも共有しないまま、一生を終えたかもしれない。

「いつか、またアキナとアルビ見に行きたいな」

「まあ、でも、ちょっと難しいよね」

「だよね」

ビッグスワンにはたくさんの人がやってくる。誰に見られるかわからない。人目につく場所をふたりで歩くのは、いくらなんでも危険過ぎる。

それでも、いつかはふたりで、と夢を見ることは、私を満ち足りた気分にさせた。そのときはアウェイ側のスタンドの二層目、背中に誰の視線も浴びない、いちばん高い場所からピッチを見下ろそう。

ビッグスワンに行けないかわりに、私たちはアルビの試合が日曜の午後に組まれているときは、ホテルの部屋で一緒にスマホで中継を見た。

Ｊ２に降格したアルビはなかなか波に乗れず、フラストレーションのたまる試合ばかりだったけれど、それでも私にとってはユキトとサッカーを見るその時間がいちばん幸せだった。

人間の幸福にはいろいろなかたちと種類がある。たとえ人から後ろ指をさされるようなものであるとしても、このかたちが、私にとっては間違いなく幸せだった。


でも、終わりは突然にやってきた。

「嫁にばれたかもしんない。俺が日曜に家にいないことすげえ疑ってる。スマホとか見られたかも」

だからもう会えない、とユキトは言った。

俺、教員だし、そういうのばれるとまずいから今日で最後にしよう、と。

「本当にもう会えないの？」

「ごめん、でもしょうがないよ」

窓のそばに並んで立ち、鳥屋野潟のむこうの白い屋根に目を細めていると、ユキトが口を開いた。

「あれって、白鳥の身体なのかな、翼なのかな」

「屋根のこと?」

「そう」

「翼をとじて、休んでるところじゃないの」

「じゃあ、あれが羽ばたくこともあるのかな」

「現実にはないけどね」

そう答えながら、考える。

私たちが過ごしたこの短い時間はなんだったのだろう。静かに翼を休めていたのか、それともふたりで空を飛んでいたのか。

枕元のスマホから、後半の開始を告げる実況の声が聞こえてきた。

加藤大のゴールで先制したアルビは、一点リードして試合を折り返していた。

ここのところホームでは負け続きだけれど、この調子なら、今日は勝てるかもしれない。

でも、もうユキトに会えないのなら、後半なんか見ないで――

「後半、あっちで見る？」

ユキトがあごをしゃくった。

「え」

「最後くらい、行ってみる？」

「誰かに見られたらどうするの」

「平気でしょ。だってもう、会わないんだから」

「……。当日券って、まだ売ってんのかな」

「わかんない」

「行くだけ、行ってみようか」

私たちは脱ぎ散らかした服を拾って身につけ、急いでチェックアウトして部屋を出た。車に乗りこむと同時にユキトがエンジンをかける。

「ちょっと腹減ったな」

「売店で焼きそば買って、試合見ながらふたりで食べようよ」

「それいいね」

車がスピードを上げた。鳥屋野潟を囲む木々の合間に見え隠れするビッグスワンのあの白い屋根が、私にはなんだか、イカロスの羽根のように見える。

G
O
G
O
G
O

2004

GO GO GO

四月、僕は東京にいた。

大学の入学式を間近に控えた日曜の午後、アパートのある八王子から中央線と武蔵野線、つくばエクスプレスを乗り継ぎ、東京都をぐるっと迂回するようにして、千葉県の柏市までやってきた。

目的地は柏レイソルのホームグラウンド、柏の葉公園総合競技場。

途中で乗り換えに失敗し、スタンドにたどり着いたときにはすでにキックオフの時間を過ぎていた。すみません、すみません、と頭を下げながら座席番号を探し歩き、ここでも座る場所を間違えてしまう自分が愚かしい。

こんなことで、僕はこれから東京でやっていけるんだろうか。

正直なところ、自信がない。東京が、怖い。

三日前に親の車で上京した。

父が仕事で使うハイエースに引っ越しの荷物をすべて積みこみ、両親とともに八王子へとやってきた。都心からだいぶ離れているとはいえ、そこは僕が想像していたよりも大きな街だった。

「これで家賃が五万七千か。うちの近所なら借家に住めるけどな」

「いいじゃない、お風呂とトイレが別なんだから。それにほら、ちゃんと大きい窓もあるし、三階なんだから景色だって——」

そう言いながら母が開けた窓のむこうは、隣のビルの外壁だった。

テレビや冷蔵庫は父が使えるようにしてくれたし、入学式に着ていくスーツは母がクローゼットにかけてくれた。駅前の家電量販店で携帯電話も買ってもらった。新潟の無印良品で注文したベッドも予定通りに届いた。

「じゃあ、頑張るのよ。何かあったらいつでも電話しなさい」

「健康にだけは気をつけろよ」

近所に見つけた串焼き屋で早めの夕飯を済ませると、両親はそう言い残して、その日のうちに新潟に帰っていった。

こういうとき、いよいよはじまる新生活を前に開放的な気持ちになるのが普通の十八歳だろうか。憧れの東京を満喫しようと考えるだろうか。

きっとそうだろう。僕もそのつもりになって、翌朝さっそく、電車一本で行ける新宿まで用もないのに出かけてみた。

そしてすぐに八王子に引き返した。八王子駅もかなり大きいと感じたが、新宿駅はそれと比較にならないほどでかかった。出口が多すぎて、どこから出るとどこに出るのかわからず迷子になり、立ち止まるとサラリーマンに肩をぶつけられ、女子高生に舌打ちをされ、だんだんおもてを歩くのが恐ろしくなって、一時間くらい駅の構内をぐるぐる歩き回った挙げ句、あきらめて帰りの切符を買った。

自分が情けなかった。帰りの電車に揺られながら、やっぱり東京の大学じゃなくて新大を受験しておけばよかったとつくづく思った。

東京は、僕が生まれ育った新潟——それも中心部じゃなくて、窓を開ければ田んぼが見渡せるような東のはずれ——とは何もかもが違う。

駅の中はどこも蒲原まつりみたいだし、その人いきれのむわっとした感じも、通路が汚れていて不衛生なところも、誰も他人のことを気にかけないところも、僕がこれまで生きてきた世界とはまるで違った。

僕がわざわざ柏までアルビの試合を見に行こうと決めたのは、大学に入学する前に、何かひとつでいいから、東京を克服したいと思ったからだ。物怖じせずに行けるところはどこだろう――新宿はまだ無理。渋谷なんてもってのほか。お洒落なカフェなんて入れるわけないし、セレクトショップに服を買いに行くには、その前に服を買いに行くための服をまず買わないといけない。せめてタワーレコード八王子店か――そう考えて気づいたのだ。

確か、アルビのアウェイ戦がどこかであるはず。

この春、アルビはチーム創設後はじめてJ１の舞台に立った。でも開幕戦はアウェイでFC東京に敗れ、二戦目はホームで神戸とスコアレスで引き分け。未勝利どころか、まだひとつのゴールも決まっていなかった。もしかしてアルビのサッカーのレベルはJ１のそれに及ばないんじゃないか。一年ですぐに降格するんじゃないか。そんな予感がした。

重なったのかもしれない。アルビがJ１でやっていけるのか、ということと、僕が東京でやっていけるのか、ということが。

調べてみると三戦目に、ちょうど柏でのアウェイ戦が組まれていた。新潟にいたときは、アルビの試合を生で見たことなんて一度しかなかったのに、これしかない、と僕は直感した。

僕はまず、買ったばかりの携帯電話で、高校の同級生の白石さとみにメールを送った。

《高橋です。携帯買ったので、メール送ってみます。明日、アルビの試合が柏であるんだけど、もしヒマだったら行かない？》

白石とは高校の三年間、ずっと同じクラスだった。家も近くて、同じ電車に乗り合わせたときは、同じ駅で降りて途中まで一緒に帰ることもあった。

僕にとって白石は、名字を呼び捨てできる唯一の同級生の女の子であり、唯一の、友達、と呼べる女の子だった。音楽の趣味が似ていて、学校帰りに古町のタワーレコードやＨＭＶ、万代のヴァージンメガストアをふたりでまわったことも何度かある。

白石はサッカーにはまったく興味がないくせに、一緒に歩いていて会話が途切れると、なぜかよく鈴木慎吾のチャントを口ずさんだ。

シンゴゴーゴー　シンゴゴーゴーゴー　シンゴゴーゴーゴーゴォー
シンゴゴーゴー　シンゴゴーゴーゴー　シンゴゴーゴーゴーゴォー

「白石って、それ、好きだよね」

「うち、親がアルビ見るから、なんか耳にこびりついちゃったんだよね」

「鈴木慎吾、京都に移籍しちゃったけどね」

「知らない、そんなの。興味ないもん」

「元は昔のアニメの歌なんだよ」

「へー、そうなんだ」

白石もまた僕と同じようにこっちの大学に来ていた。彼女の通うキャンパスは都心にあって、確か下高井戸というところに住んでいるはずだった。

きっと彼女も入学式を前に僕と同じようにひまだろうし、きっと僕と同じように東京にびびっているに違いない。そういえば、

「テレビで見るサッカーはつまらないけど、生で見ると案外面白いよね」
と前に話していた気がする。それなら一緒に行ってくれるかもしれない。
サッカーを口実に、東京でも彼女と仲良くしたい、という気持ちもあった。
返信はすぐにあった。
《ごめん、明日の夕方は渋谷で先輩とご飯なんだよねー》
《そっか、じゃあだめだね。また今度》
《うん、また今度ね》
白石と最後に会ったのは卒業式のときだ。うちら東京でまた会えるよね、なんて言って、彼女は携帯電話の番号とメールアドレスを教えてくれた。
だけどそのメールの短いやりとりを何度も読み返しながら、僕は、白石とはこの先もう二度と会えないような気がした。
僕は白石のことが好きだった。勇気を出して告白をしておけばよかったな、と今になって思う。でも、やっぱできないよな、とも思う。唯一の女友達だ。関係をこじらせて失うくらいなら、ずっと友達と呼べるままでいたい。呼べるだけでいい。それが僕の性格だ。

雨の柏は、新潟の春と変わらない寒さだった。

電車の乗り換えのことばかり気になって服装や雨具については何も考えていなかったから、全身がぐっしょりと濡れてひどくみすぼらしい。

僕が座っているのは、メインスタンドの指定席の端のほうだった。

ピッチを挟んだむこう側のアウェイ席にはたくさんのアルビのサポーターが詰めかけていて、そのオレンジ色のかたまりを遠くから眺めている自分が、なんだかまるでもう東京の人、関東の人になったみたいで、申し訳ないようないたたまれないような、不思議な気持ちがした。

試合は終始、柏のペースで進み、後半開始早々に先制ゴールを決めたのも柏だった。次々とシュートを浴びせられるアルビは、なんだか「お前ら全然足りねーよ」と部活の先輩にいびられてうなだれる下級生のように見えた。

やっぱりこのまま負けそうだな、とあきらめかけたときだった。スタンドのむこう側からあのチャントが聞こえてきた。

京都にレンタル移籍していた鈴木慎吾は、この年、J1昇格とともにアルビに復帰していた。もちろんこの試合もスタメンで出ていた。

シンゴゴーゴー　シンゴゴーゴー　シンゴゴーゴーゴォー

シンゴゴーゴー　シンゴゴーゴー　シンゴゴーゴーゴォー

鈴木慎吾がポジションをとっているアルビの左サイドを見つめながら、僕は考えた。

白石が今日会う先輩って、誰だろう。

大学の先輩か。いやまだ入学式前のはずだから高校の先輩か。女だろうか、男だろうか。男だとしたら本当にご飯を食べるだけだろうか。お酒も飲むのだろうか。そのあとで、先輩の部屋に行ったりもするのだろうか。

こういうときの想像は、勝手にどんどん悪いほうにふくらんでいく。

渋谷でご飯、か。

僕なんかと違って彼女は、もう東京暮らしを楽しんでいるのかもしれない。この二日間、新潟駅前のそれと同じチェーンの牛丼屋で夕飯を済ませているような僕とは、すでに違う種類の人間なのかもしれない。

ロスタイムに入っても、スコアは変わらなかった。

このまま試合が終われば J 1 初勝利はまたお預けだ。

次はマリノス戦で、その次は鹿島と強豪相手が続く。アルビはいきなり大きなハンデを背負ってのスタートになる。へたをしたらずっと降格圏のままシーズンを過ごすことになるかもしれない。

そう思うと、わざわざ柏まで駆けつけて雨の中応援しているオレンジのサポーターが憐れに見えた。今日は日曜だから、みんな明日の朝からまた仕事だろう。これから濡れたポンチョをたたんでツアーバスに乗り、新潟にとんぼ帰りするのだろう。やっぱり J 1 は厳しいね、とか言いながら、柿の種をつまみに缶ビールでも飲みながら、夜の関越道を行くのだろう。

ああ、僕も帰りたいな、とふと思った。

今、この競技場の外のどこかで試合終了を待っているバスに一緒に乗りこんでしまえば、数時間後には新潟だ。

どこに着くのだろう。バスセンターか駅前か、県庁前か古町か。アウェイサポーター席のむこうに、慣れ親しんだ街の景色が浮かぶ。何も臆することなく自由に歩ける場所。いつも誰かがいてくれる場所。

やっぱり僕の居場所は東京じゃないんじゃないか。


右サイドでボールを受けたアンデルソンが、ゴール前に早めのクロスを放りこんだとき、はたと我に返った。

パスは前線の選手に届かず逆サイドに流れ、チャンスが潰えたかに見えた。

ああ、やっぱダメだ。このまま試合が終わる——そう思ったとき、ボールが流れたその先に、あきらめずに走りこむ鈴木慎吾の姿があった。

角度のない位置から素早く左足を振り抜くと、ボールはゴールのニアサイド——キーパーとポストのわずかな隙間——をするりと抜け、次の瞬間、ゴールネットを揺らした。

おおっ、同点。しかも鈴木慎吾じゃん！

思わず身体が前のめりになった。

ピッチのむこうのアルビサポがこの日いちばんに盛り上がる。

雨に濡れた拳をぐっと握りしめた僕は、このゴールを白石に教えてやりたい、と思った。いや、でも、そんなの迷惑になるだけか。だけどまあ、最後にアルビのＪ１初ゴールを見られただけでも柏に来てよかった。

そう思い直して帰る準備をはじめたとき、柏の反撃をしのいだアルビが、自陣からカウンターを仕掛けた。ファビーニョがボールをドリブルで前に運び、素早く縦に入れる。そのパスに反応したエジミウソンが、柏の選手と競り合いながら、右足のアウトサイドでちょこんと触れるようにシュートすると、ボールはあっというまに柏のゴールに吸いこまれていった。


えっ。


柏のサポーターもアルビのサポーターも驚く、劇的な逆転ゴール。

え、てことは勝っちゃうの？　まじで？

タイムアップの笛が鳴る。

うわー、すげー、勝っちゃったよ。

信じられない展開だった。僕は立ち上がって力強く手を叩いた。

Ｊ１初ゴールからの、Ｊ１初勝利。それを目の前で見られたのが嬉しい。だけど、大事なのはそんなことじゃなかった。

アルビはきっとＪ１でもやっていける。そう感じた。

そしてその勢いに便乗するみたいに思った。きっと僕も、やっていける。

サッカーを見て勇気をもらうなんて、はじめての経験だった。


帰りもまた乗り換えを間違えて、八王子にたどり着くまでに、結局、新幹線で東京から新潟に帰るのと同じくらいの、いやそれ以上の時間がかかった。でも、僕はなぜかもう東京が怖いとは思わなかった。

これが東京だもんな。こういうのに慣れなきゃな。よし、頑張ろう。

何を頑張るのかはよくわからないけれど、きっと頑張れる気がする。

八王子の駅で電車を降りてアパートに帰る途中、僕はこっちに来てはじめて鼻歌を歌った。夜道を歩きながら、誰にも聞こえないように、小さく。

前へ前へと、僕自身を進めるために。

シンゴゴーゴー
シンゴゴーゴー

シンゴゴーゴー
シンゴゴーゴー

シンゴゴーゴーゴオー
シンゴゴーゴーゴオー

サムシングオレンジ

2012

SOMETHING ORANGE

ひとまわり年上のいとこのゆりちゃんが、でこぽんを連れて我が家に挨拶にやって来たのは、僕が十歳になる年の春だった。

結婚の報告とはつゆ知らず、ただゆりちゃんがお茶を飲んだりお菓子を食べたりおしゃべりをしたりするためにひとりで遊びに来るものと思いこんでいた僕は、モヒカン頭をした革ジャン男の突然の登場に思わず玄関でおしっこをちびりそうになってしまった。

彼が婚約者です、と僕の両親に紹介したゆりちゃんは、

「この人、でこぽんって呼んであげて」

そう言って隣の男と僕らを交互に見やり、ふふふと笑った。

どうも、と照れくさそうに頭を下げた男の、頭のてっぺんに筆箱をのせたような厚みのあるモヒカンは鮮やかなオレンジ色に染まっていて、アンバランスな顔の輪郭の丸っこさもあいまって、確かに果物のでこぽんが革ジャンを着ているみ

たいだった。

「驚いたでしょ」ふふふ、とゆりちゃんはまた笑った。

「なんかロックバンドの方みたいね」と母がよくわからない褒め方をして、「いや、こういうのはロックじゃなくてパンクだよな」と父がまたよくわからない訂正をした。すかさず本人のかわりにゆりちゃんが「この人ね、趣味でエレクトロ系の音楽やってるの、ハウスとか。ふふふ」とよくわからないことを自慢げに答え、そうか、そうなのね、と、何もわかっていない両親が笑顔でうなずいた。実に奇妙な光景だった。

ゆりちゃんが結婚するということに、僕はショックを受けた。

ひとりっ子の僕にとって、母の姉の娘にあたるゆりちゃんは、親戚の中でいちばん好きな、僕のお姉ちゃんだった。しょっちゅう顔を合わせるわけではないけれど、ゆりちゃんはいつだって僕のことを気にかけてくれて、会えばいつも一緒に遊んでくれた。僕の誕生日には毎年必ずメッセージカードとプレゼントを送ってくれたし、親戚が集まって温泉旅行に出かければ、布団を並べて隣で寝てくれた。

ゆりちゃんとでこぽんは二年前、でこぽんがアルバイトをしていた楽器屋で客と店員として知り合い、恋に落ち、付き合いはじめ、ゆりちゃんが大学を卒業するのを待って結婚を決めたという。ゆりちゃんより四つ年上のでこぽんは、今はアルバイトをやめて普通に会社勤めをしているらしい。

「お仕事のとき、その……スタイルのことで何か言われたりしないの?」

「内勤なんで許してもらってます。うちの社長も昔、音楽やってた人で」

「そうなのね」

「それはよかったな」

ちっともよくない。横で話を聞きながら、僕は何もかも気にくわなかった。なんでゆりちゃんがこんなおかしな格好の男を好きになるのだろう。ふたりが結婚したら、僕はゆりちゃんに会えなくなるんだろうか。おばさんの家に遊びに行っても、もうゆりちゃんはそこにいないのだ。

さびしかったし、悔しかった。こんな男にゆりちゃんを取られたくなかった。だいたい、なんで髪の毛がオレンジ?

その日、帰り際にゆりちゃんから、

「これから私たち、ビッグスワンでアルビの試合を見る予定なんだけど、よかったらコータも来る?」

と誘われたとき、「うん、行く!」と即答したのは、この婚約者の欠点や問題点を僕が探して見つけ出し、あの男はこんなにヒドいやつだと、ゆりちゃんやおじさんおばさんに報告して、なんとか結婚を考え直してもらいたかったからだ。

でも、でこぽんは普通にいい人だった。

モヒカンとか革ジャンとか、つま先がとがった革靴とか――それだけじゃなくズボンと財布をジャラジャラ音がする銀色の鎖でつないでいたり腕によくわからない鳥のタトゥーを彫っていたりして――見た目はひどく怖かったけれど、話してみると案外やさしくて、親切だった。

「コータくんはさ、生でサッカー見たことあるの?」

「え、ない、です」

「けっこう面白いよ。もしつまんなかったら、前半で帰ろう」

ゆりちゃんとでこぽんは、ビッグスワンに向かう途中、車の中でアルビのユニフォームに着替えた。

でこぽんはともかく、ゆりちゃんがアルビのファンだったなんて知らなかった。隠していたのだろうか。サッカー好きの親戚なんていなかったから、話題にしづらいのはわかるけれど、せめて僕にだけはこっそり教えてほしかった。

遠くから眺めるビッグスワンは、白くふわふわして見える。

でも真下から見上げると、実際のそれは巨大なコンクリートの塊で、かなりいかつい。音もすごかった。地響きのような応援の声、スピーカーから流れる大音量の音楽、ラジオのＤＪみたいな人のハイテンションな声、とにかく迫力があって、うるさい。なんだか大きな口を開けた未知の巨大生物に飲みこまれるような感じがして足がすくんだ。

「大丈夫。みんなアルビを応援しているだけだから」

僕がおびえていることに気づいて、先に手を握ってくれたのはでこぽんだった。やけに冷たい手だった。

「一緒に応援しようぜ」

同じ目の高さまでしゃがみこんで、でこぽんがそう言ったとき、僕はその髪がオレンジ色に染まっている理由にようやく気づいた。

試合は0対0の引き分けだった。

でもはじめてのビッグスワンは何もかもが新鮮で、面白かった。

太鼓の音に合わせて手を叩くのも、みんなで同じ歌を歌うのも。

「これは内緒だよ、ふふふ」

家では飲むのを禁止されているコーラを、ゆりちゃんが売店で買ってきてくれて、お菓子をつまみながら、ぬるくなるまで大事に少しずつ飲んだ。

「いいプレーをした選手には、拍手をするの」

そう教わってからは、ゆりちゃんとでこぽんの真似をして、同じタイミングで拍手をした。すると、どういうプレーがいいプレーなのか、そのうちなんとなくわかってきた。

「ゴールシーン、見せてやりたかったたな」

試合が終わると、でこぽんは残念そうに言った。

「やっぱゴールがサッカーの醍醐味だからね」

「コータ、また今度、一緒に来る?」

「来る!」

このときの返事は、隠すものなんて何もない、僕の素直な気持ちだった。

「じゃあコータくんのグッズも用意しとかないと」

帰り際にでこぽんが、これはお近づきのしるし、と言って、僕にキッズサイズのアルビのユニフォームを買ってくれた。


ゆりちゃんとでこぽんの結婚式は、その年の秋のはじめだった。

僕はその日のために両親が用意した黒いスーツを着せられ、革靴を履かされ、母の趣味で蝶ネクタイまでさせられた。本当はでこぽんの買ってくれたアルビのユニフォームを着ていきたかったけれど、すぐに却下された。

会場のホテルに着いて、両親と一緒に案内された部屋に入ると、大きな鏡の前に、裾の広がった真っ白なドレスを着たゆりちゃんが立っていた。

「まあ、きれいねえー」母が口を開くと同時に、

「わー、コータ、かっこいいじゃん!」

僕の格好を見たゆりちゃんが喜色満面、ドレスを引きずって近づいてきた。近

くで見るゆりちゃんの顔は驚くほど目がパッチリしていて、ほっぺが紅くて、唇がぬるぬるしていて、ちょっと別人みたいだった。

ゆりちゃんは近くにいたカメラマンを呼び寄せ、僕とのツーショット写真を何枚も撮らせた。僕は、これじゃまるでゆりちゃんと僕が結婚するみたいじゃないかと思って、嬉しいような、恥ずかしいような、でこぽんになんだか申し訳ないような、こそばゆい気持ちになった。

「ねえ、コータにひとつ、秘密を教えてあげる」

ゆりちゃんは僕の耳元でそう囁くと、指輪を外して手のひらにのせ、こっそり見せてくれた。

「この指輪、内側に小さくサファイヤが埋めこんであるの。わかる? ほら、この青いやつ。あのね、サムシングブルーっていって、何かひとつ青いものを身につけていると、花嫁は幸せになれるんだって。そういうおまじないっていうか、言い伝えがあるんだって」

「そうなんだ」

「でこぽんが教えてくれたの。これ常識らしいよ。コータもさ、大人になるまでおぼえておきな。女の子喜ぶから」

「わかった」

「そういうの、夢がある話だよね」

夢がある話、というのがどういうことかはぴんとこなかったけれど、僕は頷いた。ゆりちゃんはいつものようにふふふと笑った。

僕には、ゆりちゃんに会ったら言おうと思っていたことがあった。

あれ以来、ビッグスワンに連れてってくれるのをずっと待っているのに、どうして誘ってくれないの、と。結婚式の準備で忙しいなら、終わったらまた連れてってよ、と。あれから僕はサッカーをやっている友達と学校で話をしたり、新聞のスポーツ欄を読んだりして、アルビにだいぶ詳しくなった。選手の名前をたくさんおぼえたし、オフサイドのルールだって説明できる。

でも、結婚式の控え室はとてもアルビの話ができるような雰囲気ではなくて、結局、僕は言いそびれてしまった。

美味しいんだか美味しくないんだかよくわからないパーティー料理を口に運びながら、僕はゆりちゃんのサムシングブルーの話を思い返して、いいことを思いついた。

そうだ、これからいつもオレンジ色の何かを身につけよう。そうしたら、きっと願いが叶って、そのうちまたゆりちゃんとでこぽんがビッグスワンに誘ってくれるに違いない。

その日から、オレンジが僕のラッキーカラーになった。

いつも着るトレーナーの下にアルビのユニフォームを着て学校に通った。服を買い足すときは、わざわざ母の買い物についていって、オレンジの生地のものを要求した。靴下やパンツやスニーカーも、オレンジのラインが入っているものを選んだ。コンビニで買うお菓子はオレンジ味、ファミレスのドリンクバーはオレンジジュース、図工の時間に描かされる風景画も、背景の空は夕焼けに塗りつぶした。


秋が深まった頃、でこぽんが入院をした。

よくわからないけれど検査で病気が見つかって、仕事を休んでしばらく病院で過ごすらしい。僕が聞かされたのはそれだけだ。両親は夜中にふたりでひそひそ交わす話の中身を、僕に教えてはくれなかった。

あんたは来なくていい、と言われたけれど、僕は母がお見舞いに行くとき病院までついていった。

病室に入ると、でこぽんは背の部分が斜めに持ち上がるベッドに横になって、上半身だけ起こした格好でみかんを食べていた。

「いやー、まいった。ビッグスワン、行けなくてごめんな」

廊下で母とゆりちゃんが話をしているあいだ、僕とでこぽんはふたりきりになった。コータくんもとすすめられたので、僕もみかんをむいて食べた。

「アルビ、ずっと降格圏だよね」

「お、知ってるね。そうなんだよ、はがゆいよ」

僕はシャツの襟の隙間から、下に着てきたアルビのユニフォームを見せた。

「それ毎日着てるらしいじゃん。ちゃんと洗濯しろよ」

「サムシングオレンジ」

僕がそう言うと、でこぽんは、ん？という顔をしてから、

「はは、じゃあこれと同じだな」

と自分の頭を指さした。モヒカンの生え際は黒く伸びていて、アルビファンというよりジャイアンツファンみたいな配色になっていた。

「染め直したいんだけど、それどころじゃないってゆりに怒られちゃって。そっかあ、コータくん、もう立派なサポさんじゃん」

ゆりちゃんたちが病室に戻ってくるまで、でこぽんは僕にアルビのことをたくさん話してくれた。好きな選手は東口順昭と本間勲。でもいちばん好きなのは、ずいぶん前に引退したファビーニョというブラジル人。アルビのことは反町監督のときからずっと応援しているけれど、今年の決定力のなさは特にひどくてイライラする。このままじゃ本当にJ2に降格しちゃう。

「でもまた、J2で勝てばすぐにJ1に戻れるんでしょ」

「あのね、そんなに甘いもんじゃないんだよ、この世界は」

病院から帰るとき、ゆりちゃんは僕らを見送りに出てきてくれた。疲れきった顔をしていて、結婚式のときとはまた違う意味で別人のようだった。とても深刻なことが起こっている、ということだけはその表情でわかった。

「ブルーがあるから、大丈夫」

何かを言ってあげたくて、僕はゆりちゃんの左手を指さした。

そうだね、と小さな声で答え、ゆりちゃんは薬指の指輪を、もう片方の手でぎゅっと握った。

「コータもサムシングオレンジしてんでしょ。でこぽんに聞いたよ」

「ブルーとオレンジで、きっと最強だよ」

「うん、そうだね。まさにアルビカラーだね」


週末になると、普段ほとんど付き合いのない親戚が家にやって来ては、お茶を飲んで帰っていった。でこぽんの病院に顔を出してから、本人とゆりちゃんのいないところで話をするために立ち寄るのだった。

聞く気なんてなくても、大人たちの会話は自然と耳に入ってきた。

「ゆりちゃんが可哀想だわ」「結婚する前にわからなかったのかね」「よりにもよって」「関係ないけどあの髪型、なんか妙だなって思ってたのよ」

大人たちが口にする言葉の断片は、どれもこれも、割れたガラスの欠片のように僕の胸をちくちくと刺した。

「結婚が早過ぎたのよ。ほら、あの子、大学院に進んで研究頑張るって言ってたじゃない。なのに男ができて熱くなっちゃったっていうか。でもまだ若いんだもの、なんとでもやり直せるでしょう」


十二月の寒い土曜日だった。

病院に行くのはこれが二回目だった。前と同じようなお見舞いかと思いきや、どうも病院に着いてからの様子が違った。僕は病室ではなく別の階の食堂に連れていかれ、しばらくここで待っているようにと、怖い顔をした母に言われた。

待つ？ 待つっていったい、何を待つの？

思っても、聞くことはできなかった。今ここで何が起こっているのか、僕はもう薄々勘づいていた。

食堂のテレビではアルビの試合が流れていた。

この週末が今シーズンの最後の試合だというのは知っていたし、負けるとＪ２に降格することも知っていた。

とりあえず母が戻ってくるまでその試合を見て過ごすことにして、テレビの前に席を移動したとき、食堂の入口にゆりちゃんの姿が見えた。

ゆりちゃんは僕のそばに来て、隣の椅子を引いた。何も言わず、目を合わせることも、いつものようにふふふと笑うこともなかった。

僕らはただ、静かにサッカーを眺めた。アルビのゴールが決まっても、黙って試合を見続けた。ときどき入院患者らしき人がやって来ては、セルフサービスのお茶を飲んで帰っていった。窓の外では雨と雪が交互に降ったりやんだりしていた。

アルビが試合に勝ち、そしてＪ１残留が決まると、ゆりちゃんは勢いよく立ち上がり、食堂から飛び出した。そしてエレベーターが来るのを待ちきれずに非常階段を駆けていった。でこぽんに伝えるためだとわかった。

「よかったね。やったね」

僕も心の中で、でこぽんに話しかけた。


でこぽんが亡くなったのは、その日の夜だった。

翌日、僕はまたこの前と同じ黒いスーツを着せられた。

結婚式とまったく同じ格好で、蝶ネクタイが黒のネクタイに変わっただけだった。着替えるとき、肌着のかわりにシャツの下にアルビのユニフォームを着たら、母に思いきり頭をはたかれた。

「コータ、来てくれてありがとう」

お葬式までみんな済んで、最後に親戚が集まって食事をしているとき、ゆりちゃんが僕のそばにやってきた。ゆりちゃんはお通夜のときもお葬式のときも一度も泣かなかった。ずっと、穏やかで落ち着いた顔をしていた。僕には少し薄情に思えるくらいだった。

空いている僕のグラスにオレンジジュースを注ぎながら、ゆりちゃんは、

「学校、休ませちゃってごめんね」と謝った。

ゆりちゃんの左手には指輪が光っていた。それを見て、僕は腹が立った。おまじないなんて嘘だ。サムシングブルーなんて、でたらめじゃないか。もう僕はオレンジのものなんていらない。そんなのやめだ。ばかみたいだ。目の前のオレンジ色のグラスを、そのまま床に投げつけたかった。

でも、僕の気持ちがわかったのか、ゆりちゃんは膝を折って僕と同じ高さまで

腰をかがめると、ふふふ、と頬笑んで、言った。

「だけどね、私は幸せだよ。あの人と出会ってよかった。あの人と結婚してよかった。今だって、これからだって、それは変わらないよ」

そして、えーん、と子どもみたいに泣き出した。

*

ゆりちゃんはその後、卒業した大学とは別の大学にもう一度入り直して、今はそこの大学院で働いている。研究のお手伝いみたいな仕事らしいけれど、僕にはよくわからない。

僕はというと、中学生になった。

この三年間で背がぐんぐん伸びて、でこぽんが買ってくれたあのユニフォームは、もう小さくなってとっくに着られなくなった。

僕はそのユニフォームの生地の目立たない部分を、ほんの少しだけハサミで切り取って、いつも持ち歩くアディダスの財布の中にしまっている。ちなみにその財布は、中学の進学の記念にとゆりちゃんがプレゼントしてくれたものだ。

昨日、サッカー部に入っている同じクラスの友達から、

「アルビのチケット余ってるんだけど、コータも行く?」と誘われた。

チケットを財布にしまうとき、指がオレンジの生地に触れて、思った。

いつか、今度は僕がゆりちゃんをビッグスワンに誘えたらいいな。

試合を見ながら、でこぽんの話ができたらいいな。

そんな日は来るんだろうか。来るかもしれないし、来ないかもしれない。

でも、このオレンジのお守りをずっと身につけていたら――

サムシングブルーを教えてくれたときにゆりちゃんが言っていた、夢がある話って、こういうことなのかもしれない。

残留エレジー

2012

ELEGY

二〇一二年――

恋人の転勤が急に決まったのは、五月の終わり頃だった。

「転勤」といっても、東京とか大阪とか、そんな距離じゃない。行き先はブラジルで、二年の予定だという。

「なあ、ミキも一緒に行かない？」

付き合って三年目。洋人のその誘いには、ついてきてくれるなら結婚しようというニュアンスが多分に含まれていて、私は大いに迷った。

プロポーズは素直に嬉しい。でも、自分の気持ちが整う前に慌ただしく籍を入れるのはなんだか違うような気がして、結局、私は新潟の実家に踏みとどまることに決めた。

「こっちで二年間待ってるよ。お父さんもいるし」

病気がちの父とふたり暮らしの私は、今年で三十七歳になる。

父は彼のことを気に入っていたから、「俺のことはいいよ、気にすんなよ。お前、いいタイミングじゃないか」と背中を押してくれたけれど、私はどうしても見捨てることができなかったのだ。

何を？　もちろん父を。でも本音を言えば、アルビを。

開幕から絶不調。五月の時点でわずか二勝のアルビは、Ｊ１からＪ２への降格圏に低迷していた。そんなチームに背を向けてブラジルに行くなんて、私にはできない。正直にそのことを告げると、洋人は信じられないという表情になって、

「俺よりアルビが大事って……」と絶句した。

私がアルビに熱を上げていることを、彼が内心あまりよく思っていないことは薄々感じていた。サッカーの話をすれば付き合ってくれるし、デート中に私が携帯電話で試合経過をチェックしていると「どう？　勝ってる？」なんて興味を示してくれるけれど、やっぱりそれは「アルビが好きな人」の口ぶりとはまったく違う。昔を懐かしんで、反町さんの時代はさ、なんて話しかけても、「え、反町って誰？　俳優の？」といった具合だ。

付き合いはじめた頃は、何度かビッグスワンでのデートもした。

だけど何回目かの後で、「あそこのスタンド、寒いんだよなあ」と渋られてからは、誘うのをためらうようになった。正直、私も彼と一緒に行くより、気心の知れたサポ友達と一緒のほうが純粋に応援を楽しめた。

「好きな人」と「好きなこと」は違う。

自分の好きなことは、好きな人の迷惑にならないように、自分ひとりで楽しめればそれでいい。それ以上を望んじゃいけない。アルビを応援することを理解してほしいとは思わないし、彼にそれを押しつける気もなかった。

変な言い方だけれど、私はこれまで恋とアルビをきちんと両立させてきたつもりだ。そして、これからも。

洋人が日本を発ってからは、しばらくメールのやりとりが続いた。

彼は私が心配しないように、現地の新しい生活についてこと細かに教えてくれたし、「ブラジルでいいストライカー見つけてくるよ」なんて冗談まで言って、私の気持ちを和ませてくれた。

「なんか、持ち直したみたいじゃん」

ネットで日本の情報を収集しながらついでにアルビの結果もチェックしているらしく、夏場に降格圏を脱したときは、その話題にもたくさん触れてくれた。むしろ遠く離れてからのほうが、彼とアルビの話ができた。

人肌恋しい秋が来て、洋人に会いたくてたまらないときもあったけれど、

「クリスマスは帰れそうだから。そのときアルビの残留祝いをしよう」

と言われればなんとか我慢できた。本当は、地球の裏側にひとりきりでいる彼のほうが何倍もさびしい思いをしているはず。そう思えば、彼を困らせるような甘え方をするのはよそうと自分をいましめられた。


アルビはその後、再び降格圏に順位を落とすと、浮上のきっかけをつかめないまま低迷を続けた。特に得点力不足は深刻だった。

「いよいよ最後の試合だね」

洋人から電話がかかってきたのは、まさに土俵際まで追い詰められた、シーズン最終節、ホーム・札幌戦の前の晩のことだ。

J2降格は三枠。そのうちひとつは最下位の札幌ですでに確定している。残留

争いを繰り広げる下位のチームの中で最も勝ち点が少なく、最も条件が悪いのがアルビだった。

「勝っても降格かもしれないんだろ」

「うん、他力本願だけどね……。死に物狂いで応援してくるよ」

「ネットの記事読んだけど、前の試合、監督が退場したらしいじゃんか。大事な試合で監督がベンチ入りできないとか最悪だよな」

彼の口調はやけに冷たかった。

違うよ、柳下監督はブルーノ・ロペスを守るためにわざと——そう言いかけたとき、遮るように彼が言った。

「ごめん。俺さ、好きな人できた」

「え」

「だから、俺たちもう……」

相手は、会社にいる現地通訳の日本人の女性だという。

「その人、いくつ」

「二十四。でもそんなの関係ないだろ。ミキがこっちに来てくれないからだよ。

会えないってやっぱつらいよ。これが二年も続くなんて俺には耐えられない。無理なんだよ。ミキが俺よりアルビをとった時点で、俺、もうダメな気がしてたよ」

彼は胸の中の鬱憤をすべて吐き出すような勢いでまくしたてた。

「てか、そんなにサッカーが大事？　アルビが大事？　俺よりも？　応援なんてどこにいたってできるじゃん。それに、ぶっちゃけ、アルビなんてどんなに応援しても優勝できないチームだろ。それって意味なくね？　馬鹿らしくね？　どうでもいいじゃん、アルビなんて」

最後のひとことは、どんな台詞よりも深く私を傷つけた。


翌日は、朝から冷えこみ、重たい灰色の雲が空を覆っていた。

なんだか降格にふさわしい天気——私はその不穏な空気を振り払うように、さっさと身支度をして家を出た。

ビッグスワンの周辺は試合前から異様な雰囲気だった。

サポ友達と待ち合わせ、冷たい雨と霰の混じった寒風の中、選手を乗せたバスの会場入りに声を枯らした。

スタンドに移動し、いつものチャントを歌いながら、私は考えた。

もしもアルビサポじゃなければ、私は今、恋人とブラジルで幸せに暮らしているのだろうか。幸せって何だろう。いったい、私は何のためにアルビを応援しているんだろう。そこまでして応援しないといけないのか。もし今日本当に降格したら、私はどんな気持ちになるんだろう。

そのとき、私ははじめてアルビという存在を憎く感じた。

「ねえ、J2に落ちても、ミキちゃんはサポ続ける?」

耳元で友達に訊かれて、

「そんなこと考えたくないよ」

キッと睨みつけると、彼女は今にも泣き出しそうな顔になった。

キックオフの笛が吹かれ、いよいよ運命の扉が開かれた。

たとえ勝っても、すべては他会場の結果次第。

でもそれが逆に選手の重圧を解き放つ方向に作用したのか、その日のアルビは最終節にしてようやく、私が見てきた限り、シーズン最高の試合をした。

後半は押しこまれる時間もあったけれど、耐えて盛り返し、これまでの得点力不足が嘘のような四つのゴールで札幌を圧倒した。

前の試合で柳下監督に救われたブルーノ・ロペスが期待に応える二得点。アラン・ミネイロのゴラッソもあった。

試合途中、「ガンバが負けてる」「神戸が点を取られた」と、残留争いのライバルの動向でスタンドがどよめいた。何かが起こる予感がした。

4対1で試合終了の笛を聞いたとき、私の身体はぶるぶると震えていた。

他会場の試合はどこもロスタイムに入っている。携帯電話の画面で更新されるスコアは、ガンバも神戸もビハインドのままだ。

勝ち点の計算を、頭の中で何度も確かめる。

ガンバは38。神戸は39。そしてアルビは今日勝って、40。

もしかして。このままいくと、本当にもしかして。

「やばい、死にそう。早くして」

「まだ？ まだ決まらないの？」

友達が私の腕をぎゅっとつかむ。動悸が激しくなる。心臓が飛び出そうだ。

そして、その瞬間は訪れた。

「残留！」誰かが叫んだ。

ピッチの上で選手たちが拳を突き上げ、抱き合う。スタンドでオレンジの旗がはためく。大きな唸りがビッグスワンを揺らす。

アルビは長い長い降格圏のトンネルを、最後の最後でやっと、それも奇跡的に抜け出したのだ。

「残留⁉ 決まり⁉ ホントに⁉」

「やったあああああ！」

雨に濡れた髪を振り乱して友達と抱き合い、背中をばしばし叩き合って、飛び跳ねて、まわりの席の知らないおじさんたちと握手して、私たちはがらがらの声で「やったやった！」と馬鹿みたいに繰り返し叫び続けた。

サポーターのみんながこれまでどんな気持ちで応援してきたか。今日どんな気持ちでスタンドにやってきたか。自分のことよりも、この仲間たちのことを思うと涙があふれて止まらなかった。

確かに、アルビはＪ１で優勝できるようなチームではないかもしれない。これからも残留争いで苦労するかもしれない。

でも、これだけ私たちの胸を熱くすることができる。

「なんか、優勝したみたい！」

「だよね！」

そう口にしてから、気がついた。

試合がはじまってから、私は一度も洋人のことを考えなかった。

もし今日このときブラジルにいたら、私ははたして、こんなふうに心を震わせることができただろうか。それが私にとって、幸せだっただろうか。

その問いかけに答えはいらない。

人生はきっと、はっきりと答えられないことでできている。

アルービレックス！

アルービレックス！

私は、今このとき愛するものの名を、ひたすら叫び続けた。

第一巻　あとがき

アルビレックス新潟がはじめてＪ１昇格を決めた二〇〇三年の秋、僕は二十二歳で、東京に住んでいました。

その日は高校時代の友達に誘われて、彼の大学の学祭に遊びに行っていました。近くを神田川が流れるそのキャンパスで、「アルビ昇格決定だって」「やったー！」と盛り上がったのをおぼえています。

缶ビールを買ってしこたま飲んで、新潟に住んでいる別の友達と電話で話して、そしたらその友達は知らないあいだに結婚をしていて、「ええっ、何で教えてくれなかったの⁉」とアルビの話からまた別の話がはじまって、だらだら飲みながら、互いの近況報告なんかをしながら、帰りの駅に向かって歩いた、そんな記憶です。

サッカーは、世界中のたくさんの人たちを夢中にさせるプロスポーツのひとつで、僕もそんなサッカーが好きな人間のひとりです。

ピッチの上はいつだってドラマチックで、選手のひとりひとりに物語がある。でもピッチの外、スタジアムの外にだって、それとは違う種類のサッカーにまつわる人々の無数の物語が存在しています。

サッカーが人と人をつなぎ、ときに幸せを、あるいは不幸せを、たくさんの思い出を運んでくる。あの試合の日にこんなことがあった。あのシーズンはこうだった。あのゴールをあの人と一緒に見ていた。

そんなふうに、サッカーの記憶が人生の思い出の一部分と重なることは、サッカーが好きな人にとって、いたって普通のことです。

アルビレックス新潟のサポーターズマガジン『ラランジャ・アズール』の編集に参加しているデザイナーの荒木さんから、「一緒に何かやりませんか」とお話をいただいたとき、自分に書けるものは何だろうかと頭をひねり、サッカーと触れ合う人々の、そういうピッチの外の物語を、と考えました。毎号読み切りで一本。連載がスタートしたときは、読者だけでなく編集サイドにとっても、「ん、なんだこれは?」という、かなり謎のページだったと思います 笑。

それでも連載を続けさせてくれて、毎回、原稿に適切なアドバイスをくれた編集長の野本さん、ありがとうございました。

自分の暮らす街にプロサッカーチームが存在することは、とても幸運なことです。アルビというチームがこの街になければ、この本は生まれませんでした。「アルビレックス新潟」のクラブ関係者の皆様、所属選手の皆様、過去に在籍しチームの歴史を支えてきたたくさんの方々、アルビを愛するサポーターの皆様に、最大限の敬意を表します。

最後になりましたが、いつもお世話になっている『ラランジャ・アズール』編集部の皆さん、『サムシングオレンジ THE ORANGE TOWN STORIES』（二〇二一年刊行）を世に送り出してくださった株式会社ニューズ・ラインの若林修一さん、小戸田祥恵さん、最初の担当だった佐藤美佳さん、そして一緒に本を作ってくれた野本桂子さんと、このコンプリート・エディションを実現してくれた新潟日報社の山田大史さんに、心からの感謝を申し上げます。皆さま、本当にありがとうございました。

令和三年五月のあとがきに
令和五年三月のあとがきを加えて

藤田雅史

本書は2021年株式会社ニューズ・ラインより刊行の
『サムシングオレンジ THE ORANGE TOWN STORIES』を再編集したものです。
「空の時間」「ラヴ・イズ・オーヴァー」の二篇は書き下ろしです。

サムシングオレンジ1
初出一覧

ビッグスワン・ハロー・アゲイン	『LARANJA AZUL』Vol.41
レオ	『LARANJA AZUL』Vol.44（「アルビとレオと夫」改題）
父のマルクスゴール	『LARANJA AZUL』Vol.43
アルビが勝ったら	『LARANJA AZUL』Vol.47
FAR AWAY	『LARANJA AZUL』Vol.46（「新潟から遠く離れて」改題）
いつか昇格の日に	『LARANJA AZUL』Vol.42
空の時間	書き下ろし
秘密のアウェイ旅	『LARANJA AZUL』Vol.48
手のひらのアルビくん	『LARANJA AZUL』Vol.45
ORANGE JUNKIE	『LARANJA AZUL』Vol.49
ラヴ・イズ・オーヴァー	書き下ろし
あの白い翼まで	『サムシングオレンジ THE ORANGE TOWN STORIES』
GO GO GO	『サムシングオレンジ THE ORANGE TOWN STORIES』
サムシングオレンジ	『サムシングオレンジ THE ORANGE TOWN STORIES』
残留エレジー	『LARANJA AZUL』Vol.50

新装復刻にあたり加筆修正をいたしました。
なお本作はフィクションであり、登場人物および物語の内容はすべて架空のものです。
実在の団体・個人との関連はありません。

藤田雅史　ふじた・まさし

1980年新潟県生まれ。日本大学藝術学部映画学科卒。

著書に『ラストメッセージ』『サムシングオレンジ』『ちょっと本屋に行ってくる。』『グレーの空と虹の塔 小説 新潟美少女図鑑』。小説、エッセイ、戯曲、ラジオドラマなどを執筆。2022年、『サムシングオレンジ THE ORANGE TOWN STORIES』がサッカー本大賞2022優秀作品に選出され、読者賞を受賞。

Web：http://025stories.com

1
サムシングオレンジ

サムシングオレンジ COMPLETE EDITION 1：1999-2020

2023（令和5）年5月4日　初版第1刷発行

著者　藤田雅史

編集協力　野本桂子

発行人　小林真一

発行　株式会社新潟日報社 読者局 出版企画部
〒950-8535 新潟市中央区万代3丁目1番1号
TEL 025(385)7477　FAX 025(385)7446

発売　株式会社新潟日報メディアネット（メディアビジネス部 出版グループ）
〒950-1125 新潟市西区流通3丁目1番1号
TEL 025(383)8020　FAX 025(383)8028

印刷製本　昭栄印刷株式会社

　ISBN978-4-86132-830-5